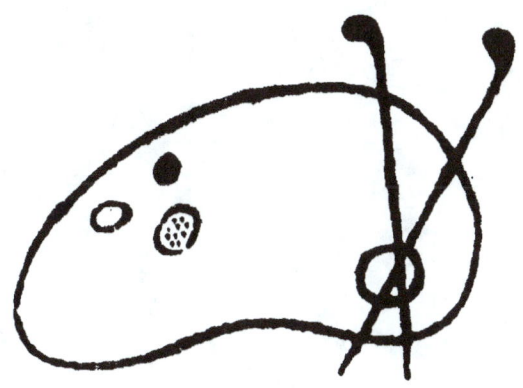

Début d'une série de documents
en couleur

COUVERTURES SUPERIEURE ET INFERIEURE D'IMPRIMEUR.

LES

UX DANS LES BOIS.

PAR

A. DUBOIS.

...ale, membre de plusieurs Sociétés savantes.

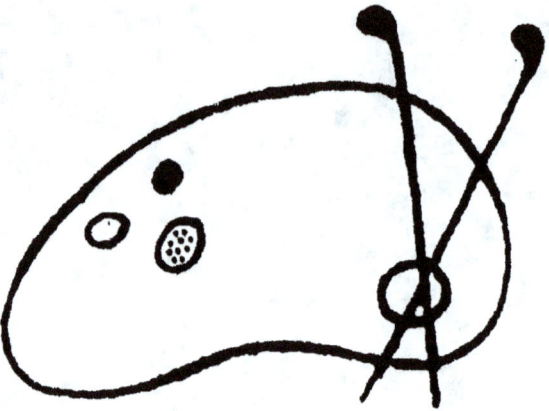

**Fin d'une série de documents
en couleur**

L'ÉTOILE POLAIRE.

—

IN-8°. — 2ᵉ SÉRIE.

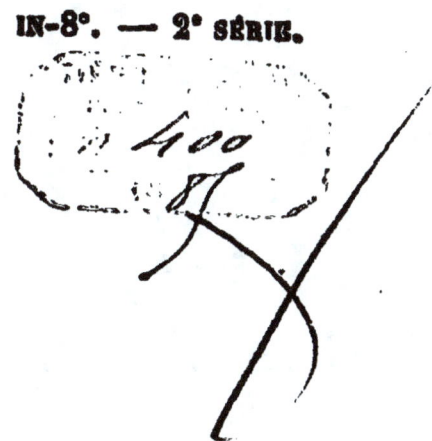

L'ÉTOILE POLAIRE

ou

VOYAGES AUX MONTAGNES

DE GLACES

PAR MICHEL AUVRAY.

LIMOGES
EUGÈNE ARDANT ET Cie,

ÉDITEURS.

L'ÉTOILE POLAIRE

ou

VOYAGES AUX MONTAGNES

DE GLACES.

Le soleil luit pour tout le monde, dit le proverbe. Mais, à l'égard de tous, il ne se montre point également libéral. Il est des terres privilégiées, du sein desquelles chacun de ses regards fait sortir des trésors, et il est des contrées malheureuses qu'il semble visiter à regret, en cachant sous un voile de brume son éclat et sa splendeur.

Ceci s'explique, c'est la conséquence naturelle et rigoureuse des lois admirables qui régissent le monde. Personne ne s'étonnera que le foyer de lumière qui brûle l'Equateur, n'envoie aux pôles que des rayons obliques et pâles. Ce qui est étrange, c'est que le soleil bienfaisant ne répande point ses dons avec impartialité sur des pays placés sous la même zône, et séparés seulement par les vagues de l'Océan.

Pourquoi, dans la Suède et la Laponie, une population vigoureuse pourvoit-elle sans peine à toutes les nécessités de son existence, force-t-elle le sol à produire, et domine-t-elle la mer et les flots tandis qu'aux mêmes degrés de latitude, le Groënland, sphinx terrible et sans merci, se pose avec ses énigmes en face des navigateurs, les arrête au passage, les défie tous, et ne fait grâce à aucun de ceux qui cherchent à éclaircir le mystère dont il enveloppe sa partie orientale, la plus féconde autrefois, la Terre-Verte. — Groend Land — d'Eric le Rouge, la belle et fertile colonie Islandaise, si fréquentée jadis, à présent tellement séparée de l'univers entier, que nul ne sait si derrière ces remparts séculaires et inexpugnables de glaces entassées, ne s'élèvent point des cités florissantes habitées par un peuple heureux.

Pourquoi encore la Norwége aux étés fleuris offre-t-elle à la vue de magnifiques forêts de sapins, et pourquoi la triste Islande n'a-t-elle même pas quelques arbres chétifs pour couvrir l'aridité de son sol

nu et stérile ? Là aussi régnait autrefois une température moins rigoureuse, et le pied qui foule cette
terre appauvrie se heurte, à chaque pas, sur les
débris de forêts qui devaient être splendides. D'où
viennent ces grands changements ? Comment la désolation et la ruine ont-elles succédé à l'abondance
et à la prospérité ? Qu'est-il arrivé et à quelle époque
cette étonnante révolution s'est-elle produite ? Questions souvent débattues, et que chacun traite à sa
manière sans les résoudre. Les plus sages sont ceux
qui respectent ce grand secret et disent avec le
Psalmiste :

« Le Seigneur est le maître de la terre et de ce
qu'elle contient, de l'univers et de ceux qui l'habi-
tent. »

L'Islande, avec ses hivers terribles et son climat
des régions polaires, fait partie de la zône tempérée.
Plus vaste qu'aucune autre île d'Europe, — en ex-
ceptant le royaume Britannique, — elle offre bien
moins de ressources que le plus exigu des îlots
qu'on voit s'épanouir au-dessus des flots bleus de la
Méditerranée.

Pas d'arbres ; des rocs, des pierres, des matières
vitrifiées et bitumineuses, des neiges éternelles :
voilà l'Islande. De la glace sur le feu !

Les flancs des montagnes sont couverts de neige,
et sur les plateaux jaillissent des sources brûlantes,

s'étendent de petits lacs d'eau chaude. Il n'est pas rare de voir cette eau bouillir, et s'élancer en gerbes à plusieurs pieds de hauteur.

Les navigateurs, qui s'approchent de cet étrange pays, n'aperçoivent d'abord qu'un amas confus de montagnes blanches aux cavernes noires et profondes. Si quelque peu de verdure égaie les vallées, les grands monts stériles et les glaciers élevés, en dérobent la vue à ceux qui sont en mer.

Aussi les voyageurs, qui les premiers ont découvert cette île, ne voyant que la désolation des hauteurs sans distinguer la fertilité de quelques plaines, lui ont imposé le nom d'Is-Land. En Norwégien : Pays de glaces.

Le centre de l'île n'est guère qu'une chaîne non interrompue de montagnes privées de végétation. Les unes sont noires et sablonneuses, les autres couvertes de neige et de glace. Ce sont celles-ci, qu'on appelle Jockuls ou Jockelen, et que dévorent de grands brasiers intérieurs. De temps à autre, le sol s'ébranle, la flamme s'ouvre un passage, et, fondant la neige, trouvant un aliment dans les nombreuses mines de soufre, elle va porter au loin le double fléau de l'inondation et de l'incendie.

Pendant une grande partie de l'année, ce malheureux pays ne peut avoir de communication avec le reste du monde. Dès que l'hiver arrive, les navires fuient ses ports bloqués par les glaces, les oiseaux vont chercher au-delà des mers une température moins rigoureuse, et, jusqu'à l'été suivant, le triste Islandais est condamné à ne voir aucune créature vivante aborder dans son île.

Je me trompe : parfois, sur des radeaux de glaces flottantes, arrivent du Groënland, des cargaisons d'ours polaires ; mais ces étranges visiteurs sont aussi mal reçus que possible. Rarement ils ont permission d'aborder, et si quelques-uns parviennent à atterrir, c'est pour devenir bientôt la proie des chasseurs, qui leur livrent une guerre d'extermination.

Mais, dira-t-on, comment l'homme a-t-il pu se résoudre à habiter cette terre désolée ?

Peut-être personne n'eut osé planter sa tente en ce lieu, si les côtes ressemblaient aux régions du centre. Mais elles sont généralement fertiles. On découvre de belles prairies et de gras pâturages autour des fiords, des golfes, des lacs et des lagunes. C'est là que se groupe la population ; peu considérable, du reste, en égard à la grande étendue de l'île.

La partie méridionale renferme quelques vallées agrestes, et des métairies dans lesquelles l'existence peut être agréable et douce.

L'hiver est long, rigoureux, effrayant, mais l'été

a de beaux jours, et le soleil daigne alors féconder le sol, à ce point qu'il ne faut pas plus de deux semaines à l'herbe nouvelle pour devenir d'excellent foin.

Un assez bon nombre de plantes potagères croissent et mûrissent dans les jardins. Le poisson ne manque jamais, et les algues marines fourniraient aux bestiaux une nourriture substantielle, si les trésors des prairies ne suffisaient pas.

Que faut-il de plus à l'homme qui n'a pas été gâté par le luxe et ses raffinements? — Du pain? — Les vaisseaux chargés de grain arrivent à chaque printemps dans les ports. — Du bois? La mer en prend aux contrées les plus lointaines pour le jeter, précieuses épaves, sur les côtes de l'Islande et du Groënland.

Aussi l'Islandais non-seulement ne se plaint point de son sort et n'accuse point la destinée, mais encore, attaché de tout cœur à sa pauvre patrie, il la quitte à regret, et quand il a été forcé de l'abandonner, il n'aspire qu'à la revoir.

Ayant peu de communications avec les nations étrangères, ce peuple a conservé la langue, les usages de ses ancêtres. Tel vous le voyez à présent, tel il était à l'époque où il se prosternait devant les autels de Thor et d'Odin. Le culte seul a changé.

L'Islande, devenue catholique vers le neuvième

siècle, n'eut pas le courage de lutter contre les per-
sécutions que les Luthériens lui firent subir au
seizième siècle. Le sang coula, il y eut des martyrs ;
mais la force triompha, et, dans cette catholique
Islande, célèbre par les vertus et les talents de ses
premiers évêques, on trouve à présent très peu de
familles qui ne soient point héritiques. Parmi celles-
ci j'en citerai une qui prétend descendre des fonda-
tions de la colonie, et qui a toujours conservé pré-
cieusement la foi de ses ancêtres. Riche jadis, elle ne
jouit à présent que d'une modeste aisance ; et se
trouverait pauvre, si elle habitait partout ailleurs qu'en
Islande.

Lorsque le chef de cette maison et sa sœur
Edwige eurent fermé les yeux à leurs parents, et
qu'ils se virent seules au monde, il n'y eut besoin
ni du bailli, ni d'aucun magistrat, pour faire deux
parts égales du modeste héritage. La métairie fut le
lot de la blonde Edwige, le jeune homme prit pour
lui le navire de son père, qui avait été un marin
aventureux et intrépide, et ils continuèrent à vivre
dans leur modeste demeure d'Aeder-Fugl, à deux
ou trois kilomètres de Reikiavik. Cette petite
propriété se nomme Aeder-Fugl à cause du nombre
considérable de canards à duvet — eiders — qui
viennent y nicher. Ces eiders, personne ne l'ignore,
sont une source de bénéfices pour les Islandais, qui

ne négligent rien pour les attirer dans leurs do-
maines.

Edwige et son frère Dunstan vécurent heureux
pendant quelques années, puis Dunstan se maria, et
un peu plus tard, il eut le malheur de perdre sa
jeune femme et l'enfant qu'elle venait de mettre au
monde.

Cette catastrophe soudaine et imprévue frappa
d'autant plus cruellement la douce Edwige, qu'elle
craignit un instant pour la vie de son frère, dont
la douleur ne saurait se décrire. Mais le marin avait
une âme courageuse, et toute la foi qu'on retrouve
si souvent chez ceux qui exercent cette profession. Il se résigna et bénit les décrets de la
divine Providence, quelque rigoureux qui lui parus-
sent. A l'époque habituelle où commence la pêche
de la morue, il partit pour Terre-Neuve, le cœur
déchiré de regrets, mais rempli aussi d'une âpre satisfaction, en songeant qu'il pourrait se livrer à sa
douleur en des lieux où tout serait triste et désolé
comme lui-même.

Sous le point de vue lucratif, ce voyage fut très
heureux ; mais cela ne fit que redoubler les regrets
de Dunstan.

— Qu'ai-je besoin d'être riche à présent que
mon fils est mort ? se disait-il avec amertume.

Notre petite fortune est plus que suffisante pour Edwige...

Ainsi raisonnait le jeune homme en revenant à Reikiavik, avec sa riche cargaison. Ainsi il se disait à part lui, un certain jour qu'il n'oubliera jamais parce que ce jour là Dieu parut lui indiquer l'usage qu'il devait faire des biens que lui envoyait sa main libérale.

En ce jour mémorable pour Dunstan, toutes les tempêtes des mers du Nord s'étaient déchaînées contre la pauvre *Étoile-Polaire* — c'est le nom du vaisseau de Dunstan, — celui-ci se trouvait à la hauteur du cap Farewell, pointe extrême du Groënland, presque toujours battue par une mer furieuse, particularité qui lui est commune avec le cap Hora, le cap des Tourmentes, et toutes les pointes qui terminent les grands continents.

Tout en dirigeant la manœuvre avec précision et sang-froid, le capitaine élevait ses pensées vers le ciel, où priaient pour les deux âmes bienheureuses, car c'était surtout au milieu de ces effrayants cataclysmes que les regrets de Dunstan devenaient plus amers et ses souvenirs plus douloureux.

Tandis qu'il veillait au salut de tous, tandis que les matelots s'efforçaient de prêter secours au navire en lutte avec l'Océan, la vigie signale une chaloupe en-

traînée par les vagues, et sur le point de disparaître
au milieu des brisants.

On suppose qu'elle contenait des marins appartenant à un navire en détresse, et les matelots de
l'*Etoile-Polaire*, oubliant leur propre péril, se
hâtèrent de porter secours au frêle esquif. Ils par-
vinrent à l'atteindre, mais aucune voix ne s'éleva du
fond de la chaloupe pour leur rendre grâces, aucun
cri de reconnaissance ne salua leur action courageuse.

Pourtant l'embarcation n'était point vide. Elle contenait trois personnes : une jeune femme livide et
froide comme la mort, une petite fille de quelques
mois — cinq ou six environ — et un gros garçon
qui avait bien trois fois cette âge.

Les enfants, solidement attachés, reposaient auprès du cadavre de leur mère qui les étreignait
avec ses bras raidis. Le bon Dunstan se hâta de
faire prodiguer des secours à cette infortunée ;
mais il ne tarda pas à se convaincre que ses secours arrivaient trop tard. La pauvre femme était
bien morte, morte de crainte et d'horreur probablement, en se voyant ainsi abandonnée avec ses
enfants.

Quant à ceux-ci, ils n'étaient nullement émus de
leur affreuse position. La fillette dormait et son
frère regardait les matelots en souriant.

Evidemment cette malheureuse famille appartenait à quelque navire qui venait de se perdre ces dans parages. Mais pourquoi il y avait-il trois personnes seulement dans une chaloupe qui pouvait en contenir dix ou douze ? Pourquoi aucun marin n'avait-il profité de cette planche de salut, et essayé de sauver ces infortunés en se sauvant lui-même.

Dunstan se posait ces questions et craignait fort de ne pouvoir les résoudre, ni maintenant, ni plus tard. La violence de la tempête l'obligeait à poursuivre sa route, ou plutôt à fuir sous la pression et le souffle furieux des vents. Mais Dieu veillait sur l'*Étoile Polaire*, et quelques jours après elle arriva saine et sauve dans le port de Reikiavik.

Vers ce même temps, un capitaine ami de Dunstan, se disposait à faire un voyage en mer, et à doubler le cap Farewell. Edwige et son frère le prièrent de s'informer du nom du vaisseau perdu et de tout ce qui concernait ce naufrage. Mais nul ne put donner le moindre renseignement ; le mystère qui planait sur cette catastrophe demeura impénétrable, et personne ne réclama les petits orphelins.

Alors Dunstan, voyant qu'il pouvait les aimer sans avoir à craindre de les perdre, s'attacha à eux de tout cœur, et remercia la divine Providence qui lui envoyait une nouvelle famille.

On profita de la présence d'un prêtre catholique, qui venait visiter de temps à autre les habitants d'Aeder-Fugl, pour faire baptiser, sous condition, les petits abandonnés. La petite fille reçut le nom de Norna-Marie, et son frère celui de Christian.

Ils grandirent dans cet humble logis sous la surveillance de Dunstan le marin, en hiver, et sous celle d'Edwgie en toute saison. Le frère et la sœur s'efforçaient de les élever aussi bien que possible, et découvraient avec joie de rares et charmantes dispositions, un heureux naturel et une intelligence remarquable dans ces orphelins, dont on ne connaissait pas ni la patrie ni la race.

Il eut été difficile de rencontrer des enfants plus accomplis : ils avaient, en germe s'entend, toutes les qualités qui plaisent, toutes les vertus qui charment.

Évidemment ils n'appartenaient point à la race scandinave. Christian avait le teint brun, les yeux et les cheveux très noirs, des traits réguliers, fortement accusés, des cils et des sourcils épais, longs, et d'un noir bleuâtre. A la vérité, les yeux de Norna étaient de la couleur des bluets, mais sa chevelure pouvait être comparée à l'aile sombre du corbeau, son teint, bien que frais et pur, n'avait point la blancheur marmoréenne qui distingue les jeunes filles des régions polaires ; ses joues étaient rouges comme la pulpe des grenades, sa beauté brillante ne rappelait nullement celle des pâles et blondes prêtresses d'Odin dont elle portait le nom.

D'où venaient donc ces enfants? comment ces fleurs brillantes et colorées avaient-elles pu vivre parmi les glaces éternelles du cap des Adieux ?

Norna et Christian croissaient en âge et en raison, sans songer à ces choses qui préoccupaient tant leurs protecteurs.

L'an dernier en automne — ce que je raconte est tout récent — Christian eut quinze ans accomplis, et chacun, à Aeder-Fugl, trouva qu'il était d'âge à apprendre un métier, et avec le même accord on déclara que nul état ne lui conviendrait mieux que celui de son oncle Dunstan.

Les orphelins donnaient à leurs protecteurs les noms d'oncle et de tante, et de parrain et de marraine.

Christian était ravi de la décision du conseil de famille. La profession de marin avait pour lui des charmes indicibles. Deux fois déjà il avait accompagné Dunstan dans ses voyages à Terre-Neuve pour la pêche de la morue, et il avait conservé de ces expéditions le plus délicieux souvenir. Néanmoins elles n'avaient pas été brillantes, loin de là, et il n'eut pas fallu beaucoup d'entreprises sembla-

bles pour engloutir entièrement la fortune du capitaine.

On sait combien cette pêche de la morue fut
désastreuse pendant ces dernières années. Tant de
sinistres, tant de pertes signalèrent chaque expédition, que cette branche de commerce faillit être
abandonnée, et que les gouvernements s'en ému-
rent.

Dunstan résolut de tenter la fortune d'une autre
manière, et d'ajourner à des temps meilleurs la visite
annuelle qu'il avait coutume de faire aux bancs de
sable de Terre-Neuve. Lorsque son projet fut bien
conçu, bien arrêté, il le communiqua à Edwige qui ne
fit aucune objection.

— De plus, lui dit Dunstan, j'emmènerai Christian.

— Quoi ! mon frère interrompit la jeune fille,
Christian... cet enfant !

— Ce n'est plus un enfant. Il vient d'entrer dans
sa seizième année. A son âge, j'avais fait le tour du
globe. J'avais mangé du narval avec les nègres Pes-
beray du cap Horn, des nids de salaganes avec
les indigènes de Macao, bu du lait de palmier dans
la coupe tressée des Taïtiens, et je m'en portais pas
plus mal.

Edwige, habituée à accueillir sans discussion les
projets de son frère, beaucoup plus âgé qu'elle,

l'approuva tacitement cette fois encore, et le même jour Dunstan dit à Christian.

— Garçon, si tu travailles bien d'ici à Pâques, si tu es laborieux et soumis, si ta tante Edwige se montre constamment satisfaite de toi, je puis t'assurer que tu n'auras pas à t'en repentir, et que peu d'enfants, parmi les lauréats des collèges et des écoles, obtiendront un prix qui puisse soutenir la comparaison avec celui que je te destine.

Christian, aiguillonné par cette promesse, étudia comme un bénédictin, et obéit comme un ange, depuis la Toussaint jusqu'à Pâques.

Mais le saint jour de la résurrection du Sauveur se passa, Quasimodo également, et le marin n'eut pas l'air de se souvenir de sa promesse. L'avait-il donc oubliée ? Christian le craignait un peu.

Vers le milieu du mois de mai, Dunstan conduisit Edwige et les orphelins à Reikiavik, et leur fit en premier lieu visiter le port

Parmi d'autres vaisseaux pêcheurs, on distinguait l'*Étoile-Polaire*, gréée, arrimée, prête à mettre à la voile. A la proue était attachée une statuette de la Vierge Marie. Christian conclut de là que son protecteur allait partir, et qu'il avait mis son voyage sous l'égide de Marie, mère de Dieu, cette véritable étoile polaire.

C'était une bonne pensée, mais qui n'avait rien de

surprenant pour ceux qui connaissaient la foi et la piété de l'oncle Dunstan.

— Eh bien ! garçon, fit-il en regardant Christian, que dis-tu de ma surprise ?

— C'est cela, la surprise et la récompense mor parrain ? demanda le petit garçon.

— Tout juste filleul.

Christian baissa la tête d'un air pensif.

— On croirait qu'elle n'est pas de ton goût, cette récompense, fit observer le brave marin ; tu parais triste.

— Je le suis, mon oncle. Est-ce que nous pouvons nous séparer de vous sans chagrin ? Or, vous vous disposez à vous mettre en mer, ce me semble.

— Est-ce là tout ce qui te contrarie, filleul ?

— Non, mon oncle, ce n'est pas tout.

— Il y a encore quelque chose qui te fait de la peine ?

— Oui, mon oncle.

— Eh bien ! quoi, voyons

— Puisque vous le voulez, sachez que non-seulement je vous vois partir avec regret, mais encore que je suis désolé de ne point vous accompagner.

— Aimerais-tu mieux voyager avec moi que de me garder avec vous à Aeder-Fugl ?

— Oh ! mon oncle, cent fois mieux.

— Tu n'es pas dégoûté, mon fils, et cela se trouve bien. Justement je me propose de t'emmener, et, voilà le prix, la surprise, la récompense qui t'attend depuis six mois.

— Comment ! mon oncle, mon bon parrain, mon cher tuteur, ce prix ?...

— Ce prix ? Le voilà qui se pavane dans le port, sous nos yeux. Puisqu'il te plaît, hâte-toi de faire tes préparatifs. Nous partirons dans quelques jours ; tant pis pour ceux qui ne seront pas prêts.

— Et moi, mon oncle, m'emmènerez-vous ? demanda timidement Norna.

— Non, fillette, Dieu m'en garde.

— Pourtant vous m'avez promis qu'une fois...

— Pas celle-ci, Norna, pas celle-ci.

— Ma tante Edwige était plus jeune que moi lorsque vous la conduisîtes à Terre-Neuve. C'est vous qui me l'avez dit, cher oncle.

— Mais nous n'allons pas à Terre-Neuve.

— Qu'importe ? répliqua-t-elle vivement.

— Il importe beaucoup. Le pays que nous habiterons pendant plusieurs semaines, n'est point fait pour de frêles et délicates jeunes filles. Le froid qui y règne flétrirait les roses de leurs joues, et les rendrait semblables à ces pauvres fleurs des prairies atteintes par la gelée.

— Mais vous savez bien, mon oncle, que je suis

robuste, malgré mon air délicat. Nai-je pas couru
cent fois sur les fiords glacés, dans la neige, et sous
les bouleaux, raidis par la bise d'hiver? souvent
vous m'avez appelée votre rose de Noël, parce que,
disiez-vous...

— Oui, oui, je sais tout cela. Mais ce que tu
ignores, toi, c'est que la rose de Noël n'entr'ouvre
point sa corolle pâle dans le pays où nous irons. La
glace ne fond jamais dans les fiords, et pendant
tout l'été l'herbe des prairies demeure cachée sous la
neige.

— Grand Dieu' mon oncle, de quelle terre
désolée parlez-vous donc, et qu'allez-vous faire
dans ces contrées maudites? s'écria Norna avec épou-
vante.

— Il ne faut maudire aucune des œuvres du Seigneur, parce que toutes sont bonnes et utiles, répliqua gravement le capitaine? et la preuve, c'est que
je vais chercher la dot de ma petite fille sur cette
terre de désolation.

Norna regarda le marin d'un air étonné.

— Oui, continua-t-il, je vais pêcher le morse et le
phoque au Spitzberg, puisqu'il faut l'appeler par son
nom. Les bénéfices que je retirerai de ce voyage
seront la dot de ma fille Norna, et j'emmène mon
fils Christian avec moi, afin que mes enfants soient
contents tous deux, et qu'il n'y ait pas de jaloux,

A présent, c'est dit, n'en parlons plus, virons de bord et rentrons chez nous, dit le marin d'un ton péremptoire.

Il prit le bras de sa sœur, et la conduisit au logis, sans parler autrement du voyage.

Les orphelins les suivirent ; Norna triste et songeuse, Christian fier, heureux et se donnant l'air d'importance qui lui semblait convenir à un jeune homme prêt à partir pour le Spitzberg.

Quelques jours plus tard l'*Étoile-Polaire* leva l'ancre, à la grande joie du futur marin, dont les yeux étaient humides néanmoins.

En se séparant de Norna, il lui promit de rédiger exprès pour elle, le journal exact de ses aventures. Il fut fidèle à sa promesse. C'est ce journal que je vais traduire en français, sans y rien changer, et c'est Christian lui-même qui racontera ses impressions de voyage.

JOURNAL DE CHRISTIAN.

I

LA TRAVERSÉE.

À bord de l'*Étoile-Polaire*, juin 1865.

Nous voici dans la région des glaces flottantes, et partout tout le regard se pose, on n'aperçoit que ces blancs écueils promenés par les vagues. Il y en a de tous côtés, en avant, en arrière, à droite, à gauche. D'abord nous avons vu les premières glaces venir à nous minces et légères comme des bandes de cygnes. Elles glissaient avec grâce au milieu des brisants, et s'abîmaient tour à tour dans les remous, comme le brouillard va se perdre au fond des vallées. Quelques-unes se brisèrent contre notre navire sans nous causer une grande inquiétude; car ces premiers fragments détachés des banquises n'ont guère plus de consistance que d'énormes boules de neige. Ce sont des sentinelles perdues dont il est facile de se défaire.

Mais la troupe qui lui succède arrive en meilleur ordre, en bataillons plus serrés. Pour lui résister, l'équipage doit rassembler ses forces, et lutter avec énergie. Le granit et le marbre, sont moins brillants, moins durs que ces blocs errants. Lorsque les matelots ne peuvent les écarter à temps, le navire recule devant eux, leur cède la place, et fait un détour pour les éviter. Viennent ensuite les labergs, montagnes de glace, effrayants par leurs proportions, mystérieuses, par leur origine. Quelques-unes s'élèvent au-dessus des flots à soixante ou quatre-vingts mètres de hauteur. Voilà ce que l'œil de l'homme peut mesurer ; quant aux dimensions prodigieuses de la base cachée sous les vagues, Dieu seul les connaît.

Et ce ne sont point des apparitions rares que celles de ces masses colossales, portées sur les flots comme les nuages sur les vents. Toujours, chaque année, chaque jour, par la brume, par le soleil, dans le calme plat, au milieu des tempêtes, ces monts gigantesques passent sous les yeux éblouis, du matelot, arrivant de lieux inconnus, pour aller se perdre dans

lo courant attiédi des Antilles, à la hauteur de
Terre-Neuve.

A l'instar du Protée de la fable, ces glaces flot-
'antes, merveilles des régions boréales, savent re-
vêtir toutes les formes, toutes les couleurs, toutes
les apparences. Tantôt elles réfléchissent l'azur
transparent du ciel, et tantôt l'or étincelant des
rayons du soleil. Parfois elles sont vertes comme
'herbe de nos prairies, et parfois on les croirait
teintes de pourpre et de carmin. Souvent c'est un
vaisseau avec ses mâts, ses voiles, ses ponts, et ses
haubans qu'on croit apercevoir. D'autrefois on
dirait un palais, merveille de richesse, et d'archi-
tecture, ou une ville dont on distingue les rues,
les édifices, les remparts, les places publiques, les
fontaines jaillissantes. Rien n'est plus curieux et
plus splendides. Tu te souviens, Norna, de ce pays
des fées dont on nous entretenait dans notre enfance ? En cette contrée magique, les collines étaient
d'or et les vallées de diamant, les palais avaient des
crenaux d'argent ciselé, des colonnes d'émeraudes,
des portiques incrustés de saphirs, de rubis et de
topazes.

En grandissant, nous avons manifesté quelque
incrédulité à l'égard de ces magnificences féeriques,
puis nous avons fini par déclarer qu'elles n'existaient
que dans l'imagination des nourrices. Eh bien ! nous

nous trompions, Norna. Elles existent. Les voici en face de moi, devant mes yeux. Il est vrai que ce sont bien des palais habités par des *Trolles* malicieux et des *Elfes* (1) trompeurs, qui seul coup de leur baguette magique peuvent faire disparaître tout ce que nous pouvons admirer.

Il ne faut qu'un nuage, un brouillard, un peu de brune, pour faire évanouir cet éblouissant mirage. Si le soleil s'obscurcit, si le ciel devient sombre, au lieu d'un paysage féerique, on n'aperçoit plus qu'une mer noire, irritée, et de grandes masses blanchâtres, livides, effrayantes, promenées par le souffle des tempêtes.

Par de là ces glaciers emportés par les vents, nous apercevons de temps à autre une longue bande blanche, brillante, toujours environnée de brume et de vapeurs. C'est la banquise, la barrière de glaces que Dieu a placée, depuis tantôt quatre siècles, entre la pleine mer et la partie orientale du Groënland. Ce mur de glace serre, étreint les côtes Orientales, double le cap Farewell, remonte la côte occidentale et se perd à peu près à la hauteur de Frédérikshaab, l'un des établissements fondés en ce pays par les Danois.

(1) Fêtes et lutins de la mythologie Scandinave.

Cette mystérieuse banquise, sans fiords et sans issue, ne permet à aucun être humain d'atterrir aux lieux qu'elle protége, ou plutôt qu'elle condamne à un isolement effrayant. Comme le centre du Groënland ne saurait être exploré, que les tristes habitants de la côte occidentale sont dans l'impossibilité de s'éloigner du littoral, nul ne sait ce qui se passe sur la côte orientale, autrefois cultivée et peuplée.

Ce fut, dit la légende, en 1986, que l'Islandais Eric le-Rouge, découvrit le Groënland. C'était au printemps ; la côte était verdoyante, le ciel pur, le soleil brillant. L'Islandais se crut dans une nouvelle terre promise, et l'appela Groënland — Terre-Verte.

Emerveillé, ravi de sa découverte, il retourna en Islande pour la vanter à ses compatriotes. Rien ne manquait, disait-il, sur cette terre bénie : ni les pâturages excellents, ni les pelleteries, ni le gibier, ni le poisson.

Quelques Islandais, séduits par ces descriptions riantes, s'embarquèrent avec Eric pour aller se fixer dans la contrée nouvelle. Et la colonie fut fondée, et les autels païens d'Odin et de Thor s'élevèrent sur les rocs glacés et les montagnes arides.

Mais peu de temps après, Leif, fils d'Eric, vint faire un voyage de Norwége, y embrassa le christianisme, et tout rempli de zèle pour la prorogation de sa religion nouvelle, il persuada à un prêtre de revenir avec lui au Groënland pour évangéliser la colonie naissante.

Que dit Eric alors? Rien de bon à coup sûr, e la légende affirme qu'il ne se montra pas médio crement offensé de la conversion de son fils. Mais il faut croire qu'il s'apaisa promptement, et que la grâce divine la toucha à son tour, car peu d'années après toute la petite colonie était devenu catholique, bâtissait des églises, et demandait des prêtres à la mère patrie, qui lui envoya même un évêque.

Alors en ces déserts de glace, s'élevèrent des cités florissantes dont les ruines frappent encore à présent les yeux des voyageurs.

S'il faut en croire la légende, les plus importantes de ces villes étaient situées sur la côte orientale. On les appelait Albe et Garde. Peut être, à cette heure, existent-elles encore silencieuses et mornes comme d'autres Pompéia.

Au quatorzième siècle, la peste du Nord, la mort noire, comme le peuple la nommait, s'abattit sur la colonie, fondée par Eric et la détruisit en grande partie. Mais un autre fléau, bien plus terrible encore, fondit sur ce malheureux peuple dans les premières années du quinzième siècle. Des bancs de glace,

profonds, immenses, sans fin, sans fissures, descen-
dirent du pôle, et virent s'appliquer à la côte orientale du Groënland, qui se trouva bien bloquée tout
à-coup, et séparée du monde entier, avec lequel
elle commençait librement avant cette catastrophe.

Assurément il n'y a pas à douter que les colons
périrent les uns après les autres, et que bientôt ce fut
fait de ce peuple dont les annales maritimes et reli-
gieuses du moyen-âge nous ont raconté longuement
l'histoire. Cela n'est pas douteux ; néanmoins l'imagination de l'homme, toujours séduite par l'étrange,
l'impossible, le merveilleux, n'a point accepté facilement une conclusion si simple, pour une aventure
si étrangement tragique, et les légendes scandinaves
ont adopté d'autres versions aussi émouvantes qu'in-
vraisemblables.

C'est ainsi qu'on raconte que des navigateurs, jetés
par les tempêtes contre la banquise, aperçurent sur
cette côte orientale des troupeaux de brebis conduits
par d'heureux pasteurs. L'arcadie derrière une barrière des glaces !

Pour moi, j'avoue, Norna, que je n'ai rien vu du tout,
si ce n'est une nappe blanche et froide, que parfois le
soleil fait scintiller.

Ce matin, nous avons dépassé l'île de Jean-Mayen,
ainsi appelée du nom du capitaine Jean Jacobs May,
hollandais, qui la découvrit en 1614. Cet îlot ayant

à peine deux ou trois lieux de largeur, ne sert de refuge qu'aux oiseaux du ciel et aux ours blancs, Il est difficile d'y atterrir ; une ceinture de glaces l'entoure, et des vents impétueux repoussent au large les navires qui essaient de pénétrer dans les fiords. C'est du reste l'image de la désolation, de la solitude et de la stérilité. Des glaciers, de hautes montagnes, un vent furieux, une mer irritée qui bat les côtes, un peu de terre nue... Dis, Norna, n'est-ce pas fait pour remplir le cœur de tristesse et d'amertume.

II

LE JARDIN DE NORNA

Spitzberg, le juin 1835.

Eh bien ! ma sœur, les voici enfin, ces chères montagnes pointues (1) que nous avons eu tant de peine à atteindre. Je les aperçois, là, en face de moi, par la fenêtre de ma cabine. Qu'elles sont blanches et brillantes ! Comme leurs crêtes dente-lées se découpent majestueusement sur l'azur du ciel !

Nous avons jeté l'ancre dans cette petite baie, par une belle nuit de soleil, si je puis m'exprimer ainsi. Il était une heure environ, et le doux astre, qui, pen-

(1) Spitzberg veut dire montagnes pointues.

dant plusieurs mois, essaie de réchauffer cette terre glacée jusqu'au centre, brillait comme un phare à l'horizon lointain. Ce fut un singulier spectacle que celui qui se déroula sous nos yeux, lorsque nous entrâmes dans la baie. La mer était noire, calme, unie, semblable à un gouffre de bitume figé. De grandes montagnes, les unes noires, les autres blanches, toutes mornes et désolées comme le désert, élevaient dans le ciel pâle leurs silhouettes fantastiques. Les glaciers, les blocs de neige, nous montraient leurs profils bizarres, sur lesquels la bise aiguë pratiquait d'incessantes morsures et de larges crevasses. D'épaisses vapeurs flottaient sur les pics de glaces dont elles voilaient la cime, et d'autres petits nuages descendaient des monts pour venir ramper sur l'eau unie de la baie. On n'apercevait aucun être vivant. Le silence profond et solennel était interrompu de temps à autre par la chute d'un galet, jeté du haut des rocs, sur la terre durcie, par l'aile des oiseaux ou le souffle des vents, et ce bruit, que l'oreille n'eut point perçu en tout autre lieu, retentissait dans cette solitude sonore comme le grondement du tonnerre, et allait expirer au loin, porté par des milliers d'échos.

A part cela, tout était muet et mort. Jamais il n'y eut image plus parfaite, plus saisissante du sommeil, du silence et de l'immobilité, car il est bon de faire observer que, même en ce lieu, les lois de la nature sont respectées. Bien que le soleil de minuit soit pareil à celui de midi, pendant la nuit les oiseaux dorment et se taisent, les monstres amphibies disparaissent sous les flots, la vague sommeille, et un calme imposant succède à la légère animation du jour.

Nous prîmes quelques heures de repos, après lesquelles presque tout l'équipage se rendit à terre dans les chaloupes. Les préparatifs pour la pêche ne devaient commencer que le lendemain, et après une navigation si longue, si pénible, nous éprouvions le plus vif plaisir de faire une promenade sur la terre ferme quelle qu'elle fût.

Cette première excursion dura plusieurs heures; néanmoins nous fîmes assez peu de chemin, car il n'est point facile de se mouvoir sur ce sol accidenté. Partout des montagnes, des ravins, des rocs, des précipices, des blocs de glace, des masses considérables de neige durcie. Notre Islande est une oasis délicieuse auprès de ce malheureux Spitzberg. Néanmoins toute triste, toute désolée qu'est cette solitude, on a tenté, à diverses reprises, d'y établir des colonies.

A l'époque où un grand nombre de baleines venaient errer autour de ce désert de glace, les Hollandais y fondèrent un village. Mais tous les habi-

tants moururent durant le premier hiver. Ceci n'est
point étonnant ; ce qui l'est davantage c'est de voir
que des hommes raisonnables ont pu commettre
l'imprudence de passer l'hiver parmi ces glaces entassées. On raconte, il est vrai, que d'aventureux
navigateurs exécutèrent heureusement ce tour de
force, mais ce fut en prenant d'étranges et minutieu-
ses précautions, en se creusant des demeures souter-
raines, à l'instar de celles des indigènes du Groënland et du Lamtschatka.

Les Russes aussi essayèrent de fonder une colonie
au Spitzberg, qu'ils regardent comme leur appartenant ; mais leurs efforts échouèrent devant cet obstacle qu'on ne saurait vaincre: le froid épouvantable
et sans merci. On sait que ce froid fait geler à glace
les liqueurs fortes, qu'il tord et racornit le fer et le
verre. Je ne m'étendrai pas là-dessus, et je ne ré-
péterai point des choses qu'on a lues dans vingt rela-
tions de voyage. Je dirai seulement ce que j'ai vu,
ce que j'ai éprouvé, et jusqu'à présent je ne puis me
plaindre de la température, elle est très supportable
surtout pour le petit montagnard d'Aeder-Fulg, habitué à la bise piquante et à la brume glacée. Il est
vrai que nous sommes arrivés dans la meilleure saison, puisque nous avons un peu devancé, non sans
périls, l'époque choisie pour ces sortes d'expéditions.
Aucun navire ne se montre en pleine mer, encore

moins n'approche de la baie. Nous pourrions nous croire seuls au monde.

La pêche de la baleine au Spitzberg est à peu près abandonnée, par la bonne raison que ce monstrueux cétacé a déserté les mers du Nord, pour se réfugier dans l'océan Pacifique. On ne vient plus en ces régions glacées que pour y capturer le phoque et le morse. Celui-ci non-seulement pour la graisse, mais aussi pour ses défenses qui sont encore estimées maintenant, et qui autrefois étaient plus recherchées que le pur ivoire. On en fabriquait des bijoux, des jouets, et une foule de bimbeloteries.

Notre première promenade ne fut point agréable d'abord, et nous errâmes longtemps sans rencontrer aucune trace de végétation. Enfin nous aperçumes un filet d'eau, qui se glissait au pieds de grands rochers arides, dont les crètes étaient si aiguës qu'elles n'avaient pu retenir la neige et se montraient à nu.

Nous nous étions dispersés par bandes. Mon oncle Dunstan, son second, maître Canut et moi, nous nous décidâmes à côtoyer les bords de ce ruisseau qui fuyait en silence, sans faire entendre ce doux murmure auquel on est tellement habitué, qu'on prête l'oreille instinctivement.

Après avoir marché pendant quelques temps dans cette direction, nous nous trouvâmes sur une pe-

tite plate-forme exposée au midi et parfaitement
a brités.

Le ruisseau, qui n'était que de la neige fondue,
— car il n'y a pour ainsi dire pas d'eau de source
au Spitzberg — le ruisseau décrivait en ce lieu les
plus gracieux méandres, la ceinture de rochers l'obli-
geant à se détourner de son cours. Alors, avec un
ravissement inexprimable, au milieu de ces neiges,
de cet hiver, de ces sombres horreurs, nous décou-
vrîmes un petit coin de terre assez privilégié, assez
vert — j'allais dire assez fleuri, mais il ne l'est pas
encore — pour mériter le nom de Jardin de Norna
que je lui donnai.

Sans doute, ma sœur, tu serais curieuse de sa-
voir quel air a ce jardin que tu possèdes si loin d'Aeder-Fulg.

Un très bon air, je t'assure. Si, au moyen de la
navigation aérienne tu te trouvais transportée tout-
à-coup au pied de ces rocs, sur les bords du ruisseau, si le soleil brillait comme à présent d'un pur
et doux éclat, et si les jolies petites plantes qui com-
mencent à sortir de terre, étaient en pleine floraison,
tu ne pourrais vraiment te croire au Spitzberg. Essaie un peu de te représenter cette terrasse, ce jardin, puisque c'est ainsi que je l'ai nommé. Figure-toi
un carré long, un peu irrégulier, couvert de lichen,
de joubarbes, de petites plantes qui ressemblent à

notre grémil ; d'autres, particulières à ce pays, qui ont de grandes feuilles longues d'un jaune pâle, et qui croissent dans le lit même du ruisseau. Puis des pavots, des renoncules et de magnifiques cochléarias.

Tout cela n'est pas fleuri, mais tout cela doit fleurir, du moins je l'espère, et dans un mois il y aura ici de beaux bouquets pour ma marraine Edwidge et la petite Norna. J'en ornerai leurs photographies, qui sont collées aux panneaux de ma cabine, et qui semblent me sourire chaque matin à mon réveil.

Tu sais, ma sœur, que j'ai apporté diverses graines, avec l'intention de les semer sur cette terre de désolation. Je vais les déposer dans ton jardin. Peut-être germeront-elles, et aurais-je l'honneur d'avoir augmenté de deux ou trois sujets la flore du Spitzberg. A vrai dire, je ne l'espère guère, car on m'assure que plusieurs voyageurs ont eu la même fantaisie, et que leurs tentatives ont toujours été vaines.

Quant aux arbres, il n'y en a pas plus qu'en Islande. Moins encore, car enfin nous possédons de jolis petits bouleaux dans notre jardin d'Aeder-Fulg. Mais ici on ne trouve ni bouleau, ni bruyère, aucune plante ligneuse. Néanmoins le bois ne manque pas, et la même Providence bienfaisante qui nous en en-

...oio en Islande, ordonne aux courants de jeter sur les côtes du Spitzberg une quantité considérable d'arbres déracinés.

Te souviens-tu, Norna, combien de fois nous nous sommes demandés d'où peuvent venir ces troncs gigantesques, à demi dépouillés de leur écorce ? C'est une grande question, que les navigateurs ont cherché souvent à résoudre, et de laquelle ils ont tiré de graves conséquences.

Ces arbres, disent-ils, arrivent des terres du Sud et de la côte occidentale d'Amérique. Ils partent de là — je parle des navigateurs — pour démontrer l'existence d'un passage entre l'océan Atlantique et l'océan Pacifique. Ce qui est certain, c'est que le Groënland et les contrées polaires ne peuvent fournir ces arbres, parmi lesquels on a reconnu des espèces qui ne croissent qu'en Amérique.

Cependant il fallut quitter le jardin de Norna. Lorsque nous étions descendus sur la plage, l'air était vif, mais le ciel clair et bleu ; puis peu à peu le firmament s'était couvert de brume, et le soleil avait fini par disparaître derrière un épais rideau de nuages. Bien que ce doux consolateur ne quitte pas l'horizon pendant quelques mois, rarement il brille sans interruption durant plusieurs heures. Le brouillard, la neige, le grésil se placent presque constamment entre cette terre malheureuse et l'astre radieux qui lui donne le peu de vie qu'elle possède.

Nous avions nos fusils ; les matelots tirèrent quelques mouettes, et un assez grand nombre de canards. Pour moi je ne fis qu'une capture, mais elle me parut bien plus précieuse que celle de mes compagnons. C'était un charmant oiseau, qui ressemble beaucoup à une tourterelle, avec cette différence que son plumage, exposé aux rayons du soleil, devient d'un jaune très vif et très brillant. Notre oncle m'a dit qu'on nomme ce volatile Oiseau des Glaces, qu'autrefois il était fort commun dans ces solitudes, mais qu'à présent on l'y rencontre rarement.

Ceci m'a déterminé à l'empailler, et comme une résolution en fait naître une autre, je me suis promis d'empailler également tous les volatiles et tous les quadrupèdes que je pourrai abattre dans mes chasses, afin de les offrir à ma bonne tante Edwige et à toi petite Norna, lorsque nous serons de retour à Aeder-Fulg.

Il faut que je m'arrête, c'est l'heure de notre repas du soir auquel nous ajoutons toujours quelques tasses d'excellents thé. Aujourd'hui cette boisson brûlante nous paraîtra d'autant plus agréable que le vent est glacé, et que de légers flocons de neige tourbillonnent dans l'atmosphère.

Qu'il est triste, Norna, de ne pouvoir te faire parvenir cette lettre ! La plus précieuse consolation du voyageur, celle de correspondre avec ses amis, nous est interdite, et tu ne liras ces notes de voyage, que le jour où celui qui les écrit te les mettra lui-même en mains.

LE CAPITAINE ÉTRANGER.

Juin 1865.

Nous avons des voisins, Norna. Le désert commence à se peupler. Avant hier un vieux petit navire, qui doit être fort mauvais voilier, est venu jeter l'ancre dans la baie. L'équipage se compose d'une quinzaine de pêcheurs pauvrement vêtus, et dont le caractère est, ce me semble, assez sauvage, car on dirait qu'ils nous évitent.

Mes compagnons, très occupés de leur pêche qui a été assez heureuse jusqu'à présent, n'ont pas le loisir de s'occuper des faits et gestes de ces nouveaux venus ; mais moi, c'est différent. Notre tuteur ne m'astreint point à un travail régulier, au contraire, il me conseille de me promener sur les côtes, d'explorer le pays, de m'instruire enfin, et de mettre à profit ce pénible voyage. Comme ces excursions me semblent beaucoup plus agréables que les pêches sanglantes, dans lesquelles les morses et les phoques expirent au milieu d'atroces souffrances, et en répandant une quantité considérable de sang, je profite avec plaisir de la liberté que m'accorde mon oncle Dunstan, et presque chaque jour je descends à terre.

Hier je suis arrivé sur la grève en même temps que le capitaine du vieux navire dont je viens de te parler. Il allait faire une partie de chasse, pendant que ses matelots disposaient les appareils nécessaires pour harponner la morse.

J'étais si heureux d'apercevoir de nouvelles figures, que je courus vers l'étranger la main étendue, et le sourire sur les lèvres. Mais peut-être ne me vit-il point, car il s'éloigna à grands pas, avec l'aisance et la marche assurée d'un homme habitué aux glaciers, aux rochers ardus, et aux autres agréments du Spitzberg.

Je le regardai fuir, avec un léger désappointement, puis bientôt je m'élançai sur ses traces, car je voulais à tout prix faire connaissance avec lui. S'il marche bien, je sais encore mieux courir, et je ne tardai pas à le rejoindre.

— Un beau temps pour la chasse, n'est-ce pas Monsieur ? lui dis-je en Anglais.

J'avais entendu ses matelots employer la langue anglaise pour parler entre eux.

Il leva les yeux, ses sourcils se contractèrent, et il détourna légèrement sa tête. Mais je ne me rebutai point.

— Si vous me le permettez, lui dis-je, nous chasserons ensemble.

— Non, répliqua-t-il sèchement.

Il était impossible de s'expliquer avec plus de franchise ; je saluai, et je m'éloignai avec quelque tristesse, mais sans ressentir aucune irritation.

Dis, ma sœur, comprends-tu le caractère de cet homme ? Quoi ! le voici obligé de passer des semaines entières dans une effrayante solitude, de se tenir sur cette plage déserte comme une mouette sur son rocher battu par les vents, et au lieu de se réjouir du hasard qui le met en contact avec quelques êtres humains, ses frères, il les fuit, les repousse avec dédain.

Pourtant il ne faut pas croire que c'est un méchant homme. Je l'ai vu un instant après m'avoir quitté, caresser son chien, et lui donner la moitié d'un morceau de biscuit dont il mangea l'autre portion. L'appétit avec lequel les deux commensaux expédièrent ce frugal repas me fit comprendre qu'ils n'étaient guère habitués à une nourriture plus délicate.

Autant que j'ai pu en juger, cet inconnu est dans toute la force de l'âge. Il a quarante ou quarante-cinq ans au plus Sa physionomie est prévenante, triste et douce ; il a des yeux noirs, une forêt de cheveux bruns, et une bouche très fine, qui exprime de temps à autre, par une légère contraction, une sorte de douloureuse amertume.

En le quittant, j'allai visiter ton jardin, Norna. Là, m'attendait une jolie surprise. Un pavot blanc, fraîchement épanoui, élevait avec orgueil sa charmante corolle, au-dessus des frileuses petites plantes dont il était entouré. Celles-ci cachaient encore, sous leurs feuilles pressées, les mignons calices qui ne s'entr'ouvrirent que sous l'influence des tièdes rayons du soleil de juillet.

Au Spitzberg, la germination ne commence qu'à la fin de mai. Deux mois plus tard, les plantes on mûri leur semence. En août, la végétation cesse et l'hiver se prépare.

Ce pavot en fleur, m'a inspiré une nouvelle idée qui me plait autant que celle de ma collection d'animaux empaillés. Je veux dessiner, colorier, chacune les plantes — fleurs, feuilles tige, et racines — que 'on trouve parmi ces glaciers. Je composerai un herbier complet ce ne sera ni long, ni difficile. La flore du Spitzberg ne brille point par sa richesse et la variété.

En revenant en chaloupe à bord de l'*Étoile-Polaire*, je passai assez près de l'autre navire, pour voir un des hommes de l'équipage qui plumait avec acharnement deux oies grises de la plus belle espèce. Évidemment elles venaient d'être tuées par le capitaine. Cet empressement à les mettre en broche, et ce pain détestable que nos voisins mangent avec tant d'avidité me font supposer qu'ils ont d'assez maigres provisions.

Il est probable que ces malheureux pêcheurs ont épuisé toutes leurs ressources pour équiper leur navire, et qu'ils comptent sur Dieu et sur leur propre adresse pour se procurer la nourriture chaque jour.

Heureusement ni le poisson, ni le gibier ne manquent en ces lieux. Cependant il est triste de penser que, si le temps devenait trop mauvais, ces infortunés se trouveraient au dépourvu. Nous qui sommes si bien approvisionnés, et qui aurions tant de choses à leur offrir ! Pourquoi nous fuient-ils ? C'est avec grand plaisir que nous partagerions avec eux.

IV

PLANTES, OISEAUX ET AMPHIBIES.

Juin, 1855.

Ma collection d'animaux empaillés commence à prendre une certaine tournure. J'ai d'abord une superbe perdrix, ou poule de neige — une lagopède, pour parler comme les naturalistes — puis un plongeon, assez joli volatile qui a quelque ressemblance avec la cigogne. Sa couleur varie depuis le gris foncé jusqu'au blanc pur. C'est bien l'oiseau des mers. Il niche sur les grèves et souvent ce nid se trouve submergé. On dit que son cri annonce la pluie ou le beau temps, selon qu'il est accentué de telle ou telle manière ; mais mes compagnons n'entendent rien à ce baromètre.

J'ai ensuite, et c'est ce que ma collection offre de plus remarquable, un oiseau de proie que notre tuteur appelle le Bourgmestre. Il paraît que ce nom lui a été donné par les Hollandais, qui n'ont point expliqué la ressemblance qu'on pouvait découvrir entre leurs magistrats et ce rapace. C'est le plus gros, le plus carnassier de tous les oiseaux qui visitent ces régions glacées, et c'est peut-être celui qui s'avance le plus vers le pôle. Il est presque blanc, avec d'élégante moirures gris de perle. Son vol a quelque chose d'imposant. On ne peut s'empêcher de l'admirer, quand il déploie en éventail sa large queue couleur de neige, et ses ailes d'un joli gris argenté.

Comme l'aigle, il construit son nid à la cime des rocs les plus élevés. Sa nourriture se compose indifféremment d'oiseaux, de poissons morts et de cadavres d'animaux.

Je possède encore un stercoraire et deux guillemots. Mais il me manque un goëland, un pétrel, oiseau de haute mer qui annonce aux marins l'approche de la tempête et je n'ai aucun des rares quadrupèdes du Spitzberg. Ni renard blanc, ni ours blanc... Ah! Norna, que dirais-tu d'un ours blanc? On en voit bien quelques-uns en Islande, de ces ours voyageurs qui nous arrivent du Groënland sur des radeaux de glaces; mais jamais nous n'en avons en un seul en notre possession. Et voilà ce qui complèterait magnifiquement mon musée d'histoire naturelle. La dépouille d'un ours blanc !

Quant aux canards, aux oies barnaches, aux mallemaks, j'en aurai tant que je voudrai. On ne peut se promener sur les grèves sans rencontrer bon nombre de nids appartenant à ces plébéiens de la grande nation ailée du Spitzberg. En voyant ces nids, cette immense quantité d'œufs, je me suis réjoui d'abord, je ne me suis rappelé nos succulentes omelettes d'Aeder-Fugl, et je me suis fait aucun scrupule d'enlever aux tendres mères ces précieux germes dans lesquels elles voyaient déjà une jeune couvée. Mais mon larcin ne m'a pas procuré un grand avantage. Ces œufs ont un goût de marée détestable, et il faut être aussi à court de provisions que nos voisins pour s'en contenter. Il paraît qu'eux ne font point les difficiles. Chaque fois que je passe en chaloupe auprès de leur navire, je vois le pont jonché de coquilles brisées.

Je consacre aussi à mon herbier une partie de mes journées. Je ne puis dire de mes soirées, car si la vague ne s'endormait pas, si une volonté mystérieuse n'imposait silence aux oiseaux, nous ne saurions s'il est minuit ou midi. L'oncle Dunstan admire beaucoup mes peintures : il dit qu'elles plairont à ma tante Edwige, et qu'elles seront fort de ton goût.

Sur la première feuille de l'herbier, j'ai placé naturellement la plante la plus utile de toutes celles du Spitzberg. Le précieux cochléaria le puissant anti-scorbutique. Tu n'ignores point que le scorbut est la maladie la plus à craindre en ses contrées polaires. Mais si le fléau est toujours là, menaçant, l'aimable Providence a voulu que le remède ne manquât jamais. L'été il s'épanouit au soleil, l'hiver il se conserve sous la neige dans toute sa fraîcheur. Je suis parvenu à reproduire assez exactement cette jolie petite plante, avec sa tige grêle, ses feuilles creusées en forme de cuilleron, ce qui lui a valu le surnom d'herbe au cuilliers, et sa charmante fleur blanche, dont les mignons pétales sont disposés en croix, car le cochléaria appartient à la famille des crucifères, ainsi que j'ai soin de l'indiquer dans une petite note insérée au bas de la plante coloriée.

La seconde page est occupée par une touffe de fraisiers des bois — famille des rosacées. — Le fraisier aussi se retrouve sous la neige. Mais il est rare qu'il fleurisse et il ne peut grainer. Comment donc l'espèce se conserve t-elle? Faut-il croire, comme quelques-uns le disent, qu'autrefois cet affreux pays 'fat' habitable, qu'il s'est graduellement re-

froidi, et que c'est la dernière trace d'une végétation, jadis luxuriante, qui vient frapper nos regards?

La troisième page de l'herbier renferme deux ou
trois bistortes coloriées avec soin. La bistorte est
une espèce de renouée. Elle emprunte son nom de
ses racines, tortues, contournées en forme d'S. On
l'appelle aussi renouée des oiseaux, et plus vulgai-
rement traînasse.

Sur la quatrième planche, j'ai dessiné de mon
mieux la jolie plante appelée chausse-trape, parce
que ses fleurs sont pourvues d'épines, disposées
dans tous les sens, ce qui a fait songer aux chausses-
trapes, dont on se sert dans les siéges et dans les
batailles. On nomme aussi la chausse-trape, chardon étoilé. Cette app'ication est plus gracieuse que
la première, mais c'est par abus qu'on la donne à
une plante qui est d'un tout autre genre que le
chardon.

J'ai colorié ensuite une herbe particulière au
Spitzberg dont je t'ai déjà parlé. Il me semble
t'avoir dit qu'elle ne croît que dans l'eau ; sa feuille
est longue, étroite, d'un jaune pâle ; sa tige raide est
jaune aussi. Elle exhale un parfum assez âcre. J'i-
gnore si elle fleurit.

Une belle touffe de grémiel occupe la cinquième
page de mon album. Cette plante se nomme aussi

herbe aux perles parce que ses graines blanches ressemblent vaguement à des perles.

La dernière des phanérogames, plantes pourvues de fleurs, c'est-à-dire d'étamines et de pistils, car le calice et la corolle ne sont que des agréments et ne contribuent en rien à la reproduction. La dernière des phanérogames, dessinées dans mon herbier, est le pavot blanc, auquel j'ai donné le nom de Norna.

Puis j'ai des mousses blanches, vert-pâle, vert-glauque, vert-bouteilles, brunes, couleur de rouille, enfin d'une infinité de nuances, et toutes extrêmement jolies.

Après quoi, viennent plusieurs espèces de lichen, entre autres celui qui sert de nourriture aux rennes, et que ces pauvres animaux vont chercher sous la neige pendant l'hiver, celui que les naturalistes appellent *Lichenus rangiferus*. Je te demande grâce pour mon latin ; si je l'emploie c'est que ce précieux lichen, n'a pas, en autre langue, de nom particulier. On dit que les Esquimaux, après l'avoir fait tant bouillir, le convertissent en pain. Dieu te préserve. Norna, d'être réduite à manger du pain de lichen.

La dernière page coloriée de mon album est la plus éclatante. Représente-toi un glacier rouge.

De la glace dans un herbier ! Et de la glace rouge encore ! Quel double non sens ! diras-tu.

C'est plus logique que tu ne le supposes, seulement je me suis mal exprimé. Je devais dire que j'ai été obligé de colorier tout un glacier pour donner l'idée d'un végétal microscopique qui croît au milieu des neiges, et les revêt d'une couleur de pourpre très prononcée.

Certains savants prétendent que cette nuance sanglante qu'offrent plusieurs glaciers est due à une quantité innombrables d'animalcules, et ils ajoutent que la vie de ces petits êtres, se bornant à quelques jours au plus, la neige, au dépens de laquelle ils vivaient, de rouge qu'ils l'avaient rendue, devient verte par suite de la décomposition de leurs cadavres.

Mais je crois plutôt, avec des naturalistes remarquables, que cette teinte sanglante est produite, comme je viens de le dire, par une masse prodigieuse d'infiniment petits champignons rouges qui poussent sur la neige. C'est le *Protococcus nivalis* d'Agardh.

Certainement mon herbier n'est point complet, mais j'ai encore quelques semaines par devers moi pour le terminer.

Hier nous avons fait une pêche magnifique. J'avais

désiré d'être de la partie, et je me suis armé comme tout le monde d'une longue et forte lance.

L'air était pur et doux, le ciel transparent, des gouttelettes brillantes glissaient lentement du faîte à la base des glaciers. Nous ne pouvions avoir un temps plus favorable. Les morses et les phoques ne quittent guère leurs retraites sous-marines quand le ciel est brumeux. Pour qu'ils aillent s'abattre sur les banquises, il leur faut les tièdes rayons du soleil et la sérénité du firmament.

On mit les chaloupes en mer, et nous partîmes dans la direction des plus larges glaces flottantes. Nos voisins pêchaient aussi, mais fort loin de nous.

Pour nous, nous ramenâmes deux énormes morses. L'un avait été harponné par l'oncle Dunstan, qui était parvenu à faire autant de besogne à lui seul que tout l'équipage réuni. Aussi il était radieux, et il contemplait avec ravissement la dot de Norna que nos chaloupes remorquaient à grande peine.

Pourtant, ma sœur, je dois dire qu'en ce moment, ta dot était peu agréable à voir ; ces monstres sanglants, qui se tordaient dans des convulsions de l'agonie, faisaient horreur. Le morse, qu'on appelle encore vache marine, cheval marin, bête à la grande dent, éléphants de mer, est un amphibie fort étrange qui a plus d'un rapport avec les animaux antédiluviens, avec le Dinothérion, par exemple. Le morse a de quinze à trente pieds de longueur, son corps est allongé, couvert partout d'un poil jaunâtre. Jadis on croyait cet animal pourvu de mains et de pieds, et l'on avait bâti là-dessus les contes les plus bizarres. Il est vrai que ses extrémités ont la forme de doigts garnis d'ongles crochus, mais c'est tout, il n'a ni bras, ni mains ; sa mâchoire inférieure est comprimée de façon à pouvoir se placer entre deux énormes dents qui sortent de sa mâchoire supérieure et tombent verticalement. Ces dents atteignent parfois jusqu'à deux pieds de longueur. C'est autant pour s'emparer des précieuses canines, que pour faire provision de graisse qu'on vient de pêcher ou chasser le morse

A eux deux, nos morses n'avaient que trois canines, ce qui explique ; parfois elles se brisent dans les luttes féroces que ces animaux soutiennent entre eux, et elles tombent quand ils atteignent l'extrême vieillesse. Cet appendice disgracieux a son utilité. Le morse s'en sert comme de crampons pour se hisser sur les rochers et les blocs de glace ; il en fait parfois des armes redoutables, et enfin il les emploie pour chercher sa nourriture dans le sable et la vase.

Les morses se plaisent particulièrement au milieu des banquises flottantes ou non. C'est là que naissent les jeunes, et qu'ils vont s'ébattre autour de leur mère.

Le phoque a beaucoup d'analogie avec le morse ; mais il en diffère quant à la tête, et on ne le rencontre pas aussi fréquemment dans les mers du Nord. Il habite surtout l'extrémité méridionale de l'Océan Pacifique. On appelle indifféremment loup marin, lion marin, ours marin, sa taille et ses membres sont à peu près les mêmes que ceux du morse. Les phoques vivent en famille, soit sur un rocher, soit sur un bloc de glace, dont ils font leur propriété exclusive, et autour duquel ils ne souffrent de voisins qu'à une distance proportionnée au domaine que possède toute la tribu. Si la colonie devient trop nombreuse, alors deux trois et même quatre familles s'établissent sur le même glaçon, en ayant soin de vivre séparément, sans se mêler jamais les unes des autres.

Le phoque a une tête ronde, de grands yeux bruns, et lorsqu'il s'ébat sur les flots, la partie antérieure de son corps peut, à la rigueur et vue de loin, offrir une vague ressemblance avec un buste humain. Il n'en a pas fallu davantage pour donner naissance à la fable des syrènes. L'imagination aidant, ce lourd et stupide amphibie est devenu un monstre, moitié femme, moitié poisson, dont la voix mélodieuse passait pour fasciner les marins, au point de les déterminer à se précipiter dans les flots, où la syrène les dévorait immédiatement.

Tu sais, Norna, que le sage Ulysse préserva ses compagnons de ce sort affreux en leur bouchant les oreilles avec de la cire. Pour lui, comme il désirait ouïr ces dangereuses mélodies, il se fit attacher au mât de son vaisseau, et put ainsi narguer les féroces mélomanes.

Pour en revenir à nos morses, je dois dire que ce sont des animaux très craintifs et très rusés. On croirait qu'ils devinent l'approche du pêcheur. Autrefois, lorsqu'ils n'avaient point encore appris à connaître l'homme comme leur ennemi, ils s'avançaient auprès des navires, et se laissaient capturer sans opposer aucune résistance. A présent, c'est bien différent, il est indispensable d'user de beaucoup de finesse pour les approcher et encore on ne les harponne-t-on point facilement. C'est ordinairement avec une lance qu'on cherche à les percer. Si la première attaque ne réussit point, l'animal se jette à la mer, et nage avec tant de vigueur qu'on ne peut guère le poursuivre en chaloupe.

Cependant, nos matelots, après avoir enlevé les défenses de leurs captures, détachèrent la peau, mirent la graisse à part, et taillèrent en plaine chair de succulentes grillades. C'est un aliment sain, nutritif, mais de médiocre saveur.

En somme, chère Norna, notre expédition, mélangée de bons et de mauvais jours, aura été assez heureuse.

Nos voisins du vieux navire ont moins de chance, ou sont moins adroits. Hier, à la vérité, ils ont fait bonne pêche ; mais souvent je les ai vu revenir, dans leurs chaloupes, fort désappointés et sans remorquer aucune capture Il faut dire qu'ils sont moins nombreux que nous, et je crois que leurs appareils sont de mauvaises qualités, car parfois les morses brisent leurs lances et tordent leurs harpons.

Le vaisseau de ces étrangers est le seul qui soit venu mouiller dans la baie ; mais nos matelots ont aperçu en pleine mer, deux autres navires qui auront probablement jeté l'ancre dans un mouillage de l'est ou du sud.

Nos voisins, malgré leur caractère peu sociable, ont fini par lier connaissance avec les matelots de l'*Etoile-Polaire*, et avant-hier, à ma grande surprise, j'ai aperçu leur capitaine — le capitaine Marcel, comme ils le nomment — qui causait sur la grève avec notre oncle Dunstan. Je venais de visiter ton jardin, dans l'espoir que quelqu'une de mes graines aurait levé, espoir que chaque jour détruit et qui ne se réalisera probablement pas. Le vent était violent, il tombait quelques flocons de neige, et je me hâtais de regagner ma chaloupe, lorsque, comme je viens de le dire, j'aperçus cet inconnu en conversation réglée avec notre tuteur. Tous deux enveloppés de fourrures, se promenais à pas lents, sans se soucier du froid. Je saluai; et l'oncle Dunstan m'appel, pour me présenter à son interlocuteur.

— C'est mon fils Christian, dit-il en rabattant mon bonnet fourré sur mes épaules et en lissant affectueusement mes cheveux. Lui et sa sœur Norna composent toute ma famille, avec une sœur à moi, qui est en quelque sorte la mère de ces chers enfants.

L'étranger me regarda d'un air sombre, fit un léger signe de tête qui pouvait passer pour un salut, et me tournant le dos sans cérémonie, il reprit en ces termes, sa conversation avec l'oncle Dunstan.

— Vous disiez donc capitaine, que la terre en se romprimant vers les pôles.....

Mais qu'ai-je fait à cet homme? Il n'est ni méchant, ni misantrophe, il cause amicalement avec mon tuteur, il est bon pour ses inférieurs, et dès qu'il m'aperçoit, sa figure exprime une sorte de répulsion ; aucun prix il ne voudrait m'adresser la parole. ; j'étais à Aeder-Fugl, je m'en inquiéterais peu ; ass d'amis, par leurs prévenances, me feraient oubli la froideur de cet inconnu. Mais ici, dans ce désert le moindre incident frappe et occupe, et, s'il faut le dire, l'aversion que me témoigne le capitaine Marcel me désole ; je ferais tout au monde pour mériter ses bonnes grâces ; sans doute par suite de ce penchant qui nous porte à rechercher une chose avec d'autant plus d'ardeur qu'elle est plus difficile à acquérir.

Je dois m'arrêter. Il est l'heure de réciter Vêpres et Complies, c'est dimanche aujourd'hui, et nous nous efforçons tous de sanctifier le jour du Seigneur.

V

VISITE AU JARDIN DE NORNA.

1ᵉʳ juillet, 1865.

Décidément le capitaine Marcel me hait. Pourtant je ne lui ai fait aucun mal ; au contraire, tout mon cœur se porte vers lui, et s'il voulait me le permettre, je l'aimerais volontiers. Mais il ne faut pas y songer.

Ce matin, je suis allé visiter ton parterre. Depuis que nous avons jeté l'ancre, Dieu ne nous avait pas encore envoyé une journée aussi pure et aussi sereine. C'est l'été, la saison des fleurs, et ce matin il y avait fête sur la grève. Le soleil brillait d'un doux éclat, les oiseaux aquatiques passaient, et repassaient, les ailes largement déployées, le renard blanc montrait sa tête rusée derrière les glaciers, et guettait la lagopède qui piétinait dans la neige, comme les perdrix dans les prairies parmi la jeune herbe.

En arrivant auprès de ton jardin, ma sœur, j'aperçus le capitaine Marcel assis au pied des rochers. Il regardait distraitement autour de lui, et par un mouvement machinal, il abattit, avec la baguette de son fusil, les pâles fleurettes que ce tiède soleil avait fait éclore.

J'arrivai juste à temps pour sauver une magnifique renoncule, qui était bien la reine et la perle de ce jardin sauvage.

— Par grâce, m'écriai-je en me plaçant devant cette douce victime, par grâce, capitaine, ne détruisez pas cette fleur !

Il me regarda d'un air ironique.

— Oh ! oh ! dit-il, Monsieur Christian, comme vous êtes sentimental !

— Je ne vous comprends pas, Monsieur. Je n'aime point qu'on détruise pour l'unique plaisir de détruire Voilà tout.

— Alors, dit-il, pourquoi tuez-vous sans pitié ces jolis oiseau que vous ne mangez pas ?

— Comment savez-vous, Monsieur, que je ne les mange pas ?

Il haussa imperceptiblement les épaules.

— Rien n'est plus impertinent, dit-il, que de répondre à une question par une autre question.

— Je vous prie de m'excuser, Monsieur ; je n'avais certes pas l'intention de vous manquer de respect.

— Du respect ? fit-il avec amertume. Et quel respect doit-on à un pauvre pêcheur qui ne possède au monde que son navire ?

— Ah ! vraiment ? m'écriai-je tout ému. Il se leva et fit un pas pour s'éloigner.

— Avant de nous séparer, Monsieur, permettez-moi, lui dis-je, de répondre à la question que vous avez bien voulu m'adresser. Vous m'avez fait l'honneur de me demander pourquoi je vais à la chasse, puisque je ne mange point mon gibier. C'est que je tiens à empailler quelques échantillons de ces jolis oiseaux du Spitzberg, afin de pouvoir les offrir à ma sœur Norna. C'est aussi pour Norna que je tiens à ce qu'on ne détruise point ces pâles fleurs.

Lorsque l'air est tiède comme aujourd'hui, j'apporte ici un album et des crayons, pour dessiner l'une après l'autre ces plantes mignonnes et frêles. Voyez combien d'espèces sont réunies dans ce petit coin de terre. N'est-ce pas un véritable jardin. Le jardin de Norna, car j'en ai pris possession au nom de ma sœur... Et c'est à moi de vous en faire les honneurs, ajoutai-je avec gaieté.

— Je suis chez vous? Il fallait me le dire plus tôt, répliqua le capitaine en faisant quelque pas avec vivacité, et en appelant son chien qui furetait dans la neige à quelque distance.

— Mais, non, Monsieur, restez, je vous prie, m'écriai-je. Pourquoi vous éloigner dès que je parais?

— Probablement pour ne point vous importuner, fit-il d'un ton ironique. — Ici, Mopse, ici!

— M'importuner? Parlez-vous sérieusement, capitaine? Je serais trop heureux, au contraire, de faire votre connaissance. Mais vous ne voulez pas, vous me fuyez... pour quels motifs? Qu'avez-vous à me reprocher enfin?

— A vous M. Christian? dit-il avec la même ironie. Ah! rien absolument. Vous êtes un jeune homme charmant, parfait, accompli, duquel M. Dunstan s'enorgueillit à bien juste titre.

— Monsieur, vous vous moquez de mon père et de moi.

— Pas du tout, j'estime beaucoup M. votre père.

— Oui, lui, peut-être... mais moi, vous ..

— Eh bien! je vous estime aussi, fit-il d'un ton brusque.

— Non, Monsieur, vous me haïssez.

— Je ne hais personnes, répliqua-t-il froidement.

— Du moins vous m'avez pris en aversion, vous me fuyez, vous évitez de traverser les lieux où je suis, vous détournez la tête quand je passe auprès de vous, il vous est pénible de m'adresser la parole...

— Mais non fit-il en cherchant à s'éloigner. Comme je lui barrais le chemin, et que je tenais même un des pans de son vêtement fourré, il s'impatienta et, écartant tout-à-coup, il cria avec véhémence.

— Eh bien ! oui, je l'avoue, je n'aime point à vous rencontrer, votre présence me trouble, m'attriste ; je vous fuis, je désire n'avoir aucun rapport avec vous. Est-ce clair cela, et vous obstinerez-vous à me poursuivre maintenant ?

Là-dessus,, il dégagea son manteau et s'éloigna à grands pas.

Je n'ai point rapporté cet entretien à notre oncle ; c'eût été lui faire de la peine inutilement. Il serait désolé d'apprendre qu'on ne peut point aimer son Christian, et il s'inquiéterait peut-être en voyant que j'ai un ennemi si près de moi..

C'est pourtant vrai, Norna, j'ai un ennemi, moi qui n'ai jamais fait de mal à personne,

VI

LA CHASSE.

Juillet, 1865.

Enfin, Norna, j'ai vaincu mon ennemi ! Je me suis conduit à son égard de façon à l'obliger à me témoigner, sinon de l'affection, du moins une sorte de bienveillance. Mais c'est tout un événement que je vais te conter en détail.

Il y a trois jours, j'étais descendu sur la grève comme de coutume. En explorant la côte, j'aperçus un charmant animal d'une blancheur parfaite, qui écartait la neige avec ses petites pattes garnies d'un poil soyeux, et broutait à belles dents les graminées que son manége mettait à découvert.

C'était un lièvre, le lièvre blanc des contrées polaires. En ce pays, les oiseaux et les quadrupèdes sont tous de couleur blanche ; depuis l'ours, jusqu'aux jolies poules de neige. Le renne est le seul qui fasse exception, et pas toujours, car lui aussi emprunte parfois la couleur des glaciers qui l'entourent.

Pour en revenir à mon lièvre, je le mis en joue sans perdre de temps ; je tirai, le coup parti, et l'animal étonné s'enfuit de toute la vitesse de ses jambes agiles.

Je n'avais pas de chien ce jour-là ; néanmoins je m'obstinai à poursuivre cette proie, qui peut-être, court encore. Je croyais l'avoir blessée, et je m'attendais à retrouver sur la neige sa trace sanglante. Je me figurais aussi que, dans l'intérieur des terres, les lièvres se trouvaient en assez grande quantité, pour qu'il me fut possible d'en faire lever quelques-uns, si celui-ci parvenait à m'échapper.

Lorsque j'eus marché pendant un certain temps, je m'arrêtai pour contempler avec un peu d'émotion le sombre paysage qui se déroulait devant moi.

Je t'ai parlé de la tranquillité qui régnait dans la baie la nuit de notre arrivée, je t'ai dit que rien ne pouvait approcher de ce calme absolu. Erreur. Ce silence était une bruyante animation, comparé à l'effrayante immobilité qui m'apparaissait aujourd'hui.

La mer endormie finit toujours par s'éveiller, les oiseaux qui se taisent reprennent leurs chants quand vient l'aurore. Mais ici, il n'y avait ni mers endormie, ni oiseaux muets. Ce silence n'était pas celui du sommeil, mais celui de la mort.

Les blocs de glace, sur lesquels l'eau suintait goutte à goutte, se dressaient devant mes yeux éblouis, comme des fantômes ayant des larmes dans chacun des plis de leurs suaires. Le ciel était noir, un vent impétueux, mais sans voix, soulevait et faisait retomber les flocons de neige.

Nulle trace de pas ne ternissait la blancheur de cette neige amoncelée. J'étais probablement seul dans cette partie du Spitzberg, nos matelots et l'équipage du capitaine Marcel étaient en mer.

Pourtant je ne ressentais aucune frayeur. Les animaux carnassiers sont extrêmement rares dans ces solitudes. On n'y rencontre guère que l'ours blanc, qui n'attaque point l'homme lorsqu'il n'est pas poussé par la faim. A la vérité, il devient terrible quand il se défend ; mais j'avais résolu de traiter, avec une extrême politesse, les indigènes de cette espèce qui pourraient m'apparaître en chemin.

Tout-à-coup, au milieu de ce silence, de cette immobilité, de ce sommeil sans réveil, de cette matinée plus sombre que la plus sombre nuit, retentit une exclamation aiguë, suppliante, moitié cri, moitié plainte, à laquelle répondit le hurlement sinistre et prolongé d'un être qui appartenait évidemment à la race canine.

J'écoutai, attentif et inquiet.

Un second cri se fit entendre, plus sourd, plus étouffé que le premier, et le chien hurla d'une voix plus lamentable encore.

Je m'élançai dans la direction d'où semblaient partir ces lugubres gémissements. J'avais à peine fait quelques pas, qu'ils retentirent de nouveau, seulement il me sembla que le cri qui avait beaucoup de rapport avec celui que pousserait un être humain devenait faible, rauque, étouffé, tandis que les aboiements du chien arrivaient à mon oreille plus pleins, plus éclatants. Je marchais aussi vite que possible, le cœur serré par une angoisse indéfinissable. Bientôt j'aperçus un grand chien fauve, aux pattes et à la tête noire, qui vient à moi d'un air confiant, sans témoigner aucune attention hostile. Je crus reconnaître le chien du capitaine Marcel.

— Mopse ! lui dis-je, craignant de me tromper.

Il bondit, se jeta sur moi, me fit mille caresses, puis s'éloigna en regardant si je le suivais.

Je m'arrêtai ; il s'arrêta ; je fis quelques pas en arrière, il hurla, revient à moi, et prenant dans sa gueule un coin de ma pelisse, il essaya de m'entraîner du côté où s'étaient fait entendre les cris.

Suffisamment édifié par cette pantomime, je marchai sur les pas de l'intelligent animal, qui sautait, bondissait, cherchait notre chemin entre les glaciers, et revenait me lécher la main de temps à autre. Il m'amena auprès d'un ravin, dont les bords étaient couverts de neige. Ce ravin, sans être très profond, ressemblait assez à un précipice. Les rochers qui l'entouraient étaient à pic, et enduits d'une couche de glace dont on devinait sans peine l'épaisseur, lorsqu'on réfléchissait que les neiges fondues, en se jetant depuis des siècles au fond de ce ravin, avaient dû s'arrêter et se congeler quelque peu sur les parois brillantes qui entouraient le gouffre.

Je dis gouffre, faute d'un mot plus convenable car, je le répète, ce n'était pas très profond.

Je suis obligé de m'interrompre. Notre oncle m'appelle pour prendre le thé. Demain je continuerai mon récit.

4

VII

LE RAVIN.

Le fond de ce ravin était tapissé d'une neige qui mesurait peut-être quinze ou vingt pieds d'épaisseur. Elle était molle, à la surface du moins, et toute détrempée par l'eau, qui tombait incessamment, à cette époque, où le soleil ne manquait point d'une certaine chaleur. Au milieu de cette neige, j'aperçus un bonnet de fourrure, et deux bras qui s'agitaient désespérément.

Quelques oiseaux de proie volaient et décrivaient de longues courbes au-dessus du ravin. Ma présence ne sembla nullement de les effrayer.

— Au secours ! s'écria d'une voix haletante le

malheureux qui allait disparaître dans ce froid tombeau.

Le chien accourut, tendit la tête et se prit à hurler.

— Est-ce vous, capitaine Marcel ? demandai-je en me penchant vers le gouffre.

L'infortuné ne m'entendait point et continuait à crier.

Il m'était impossible de reconnaître si c'était le capitaine, ou l'un de ses matelots, mais c'était un homme qui se mourait, et que je devais essayer de sauver.

Comment m'y prendre ? voilà ce que je me demandais avec anxiété.

Mopse hurlait, s'attachait à moi, me léchait les mains, m'exhortait à montrer du courage.

— Au secours ! dit le malheureux d'une voix tout à fait éteinte.

Je ne balançai plus ; je m'avançai sur la pointe la moins ardue, je m'assis sur mes talons, et, me servant de mon fusil comme les voyageurs qui descendent des andes se servent de leurs bâtons, je me laissai glisser au fond du ravin.

— Je trouverai toujours bien le moyen de remonter, me disais-je avec la présomption de mes seize ans.

A peine eus-je touché... neige, que je me sentis

enfoncer, et je n'eus que le temps de sauter sur une large pierre plate adhérente aux parois du rocher, et placée horizontalement.

Alors je puis jeter un regard sur l'homme que je venais secourir. Il avait de la neige jusqu'aux épaules ; mais je reconnus sa figure pâle et expressive. C'était le capitaine Marcel.

Il m'avait aperçu depuis le moment où je m'étais penché sur le ravin, et il suivait chacun de mes mouvements avec une anxiété facile à comprendre.

Lorsqu'il me vit installé sur ma pierre, il regarda au sommet des rochers, s'attendant sans doute à voir paraître d'autres personnes.

— Merci, merci, me cria-t-il. Mais vous n'êtes pas seul, j'espère ?

— Hélas ! si, capitaine ; mais ne vous inquiétez point, nous...

— Comment ! fit-il avec effroi, vous êtes seul ?

— Avec, Mopse ; oui, capitaine.

— Est-ce possible ? Et vous avez eu l'imprudence de descendre ? Il ne fallait pas, qu'allez-vous devenir ? Vous vous êtes perdu et moi avec vous.

— Mais, capitaine, que devais-je faire ?

— Vous deviez retourner dans la baie, et amener ici quelques-uns de nos matelots. Ne comprenez-vous pas imprudent enfant, qu'il vous est impossible de regagner le sommet des rochers ?

— Bah! M. Marcel, il ne faut point désespérer ainsi. La divine Providence, qui m'a amené auprès de vous, ne laissera pas son œuvre inachevée. Adressons-nous à elle, et tout ira bien, j'en ai la douce confiance.

— Vous avez raison, dit-il en élevant ses regards vers le ciel. Mon Dieu, s'écria-t-il, sauvez-moi dans votre bonté, puisque ma mort entraînerait celle de ce courageux enfant.

Je mêlai mes supplications aux siennes, et pendant quelques minutes nos regards, nos voix, nos cœurs s'élancèrent vers Dieu avec une foi, une ferveur qu'il est facile de se figurer.

Cependant j'étais dans la plus profonde perplexité. Aller auprès du capitaine, c'était nous perdre tous deux, et je ne voyais point la possibilité de l'attirer à moi. J'essayai de marcher sur la neige, jusqu'à ce que je pusse lui mettre en main la crosse de mon fusil que je tenais à bras tendu; mais dès les premiers pas, j'enfonçai tellement que je ne puis plus retenir un cri de frayeur.

Le capitaine se fâcha presque, et m'ordonna de la manière la plus positive de retourner sur mon roc. J'obéis en silence, et il me dit d'un ton doux affectueux.

— C'est un bonheur d'apercevoir une figure amie quand on va mourir, c'est une consolation de mêler ses prières à celles qui s'échappent d'un cœur innocent, néanmoins, il ne faut pas que, pour goûter cette joie suprême, je devienne monstrueusement égoïste. Vous ne pouvez point me sauver, mon pauvre enfant, ainsi je dois vous conseiller... vous ordonner même de songer à vous, à votre jeune vie en péril. Si vous essayiez de grimper sur les rocs.... voyez, c'est le seul service que vous puissiez me rendre, car vous iriez avertir mes matelots, et ensuite...

— Non, non, capitaine interrompis-je, nous nous sauverons ensemble. Il y a loin d'ici à la baie, le temps est à l'orage, j'ignore dans quelle direction il faudrait marcher, il me serait difficile de m'orienter, et lorsque je reviendrais, vous auriez disparu dans la neige.

— Mais non, vous voyez que je n'enfonce plus. La neige est moins friable, moins molle sous mes pieds qu'autour de moi, et en me tenant parfaitement immobile, je puis rester ainsi durant plusieurs heures.

— Si toutefois la vie ne vous abandonne point répliquai-je.

Il garda le silence, ne trouvait rien à répondre à cette objection.

— Capitaine, lui dis-je, si vous pouviez seulement faire quelques pas pour vous rapprocher de moi...

— Cela ne se peut, dit-il. Aussitôt que je m'agite, la neige cède et j'enfonce. J'ai pris le parti de ne faire aucun mouvement, c'est le seul moyen de prolonger ma vie... de quelques minutes peut être. J'ai entendu parler souvent de voyageurs auxquels était arrivé une aventure à peu près semblable à la mienne. Ils s'étaient enfoncés jusqu'aux cou dans des marais, — ceci arrive souvent en Russie ; — dès qu'ils essayaient de se dégager, ils s'embourbaient davantage, et ne tardaient pas à disparaître. — Il est vrai que pour sauver ces malheureux, il suffisait de leur tendre la main ou une simple perche, ajouta le capitaine entre ses dents, comme s'il eut craint que je ne l'entendisse.

— Vous voyez bien ! m'écriai-je. Oh ! je vous sauverai, je suis sûr que je vous sauverai.

— Ce serait peut-être possible, répliqua-t-il, si je pouvais seconder vos efforts, mais outre que je ne saurais me mouvoir, je souffre horriblement ; mes idées s'embrouillent, j'éprouve une sorte de vertige, et, je dis à ma honte, il me semble que je vais m'évanouir. Ces derniers mots mirent le comble à mon anxiété, car s'il perdait connaissance, la neige allait l'engloutir.

Une idée subite me vint à l'esprit. Je déchirai en

bandelettes une ceinture de laine que je portais autour de la taille, je nouai ces bandelettes bout à
bout, et à l'extrémité j'attachai une gourde que
j'avais toujours sur moi, lorsque j'explorais la plage.
Cette gourde contenait un peu de vin de France. Il
serait dangereux de ne pas avoir constamment en sa
possession quelque cordial, dans un pays où l'on
peut se trouver subitement engourdi par le froid.
Les marins de l'*Étoile-Polaire*, plus habitués que
moi aux liqueurs fortes, remplacent le vin par des
spiritueux.

Lorsque j'eus attaché ma gourde, je la lançai au
capitaine, en calculant si bien mes mouvements,
qu'elle effleura sa main en tombant. Il saisit le cor-
don, attira à lui le précieux récipient qui s'était
enfoncé dans la neige, et but avec avidité,

— Comment vous trouvez-vous, lui criai-je.

— Mieux, beaucoup mieux, répondit-il. Ce breu-
vage fortifiant a combattu soudain la torpeur qui
s'emparait de moi.

— Dieu soit béni! capitaine. Alors nous vous
sauverons, à présent que vous avez retrouvé de
l'énergie.

Il ne répondit pas, et roula entre ses doigts d'un
air pensif la bandelette de laine. Ceci m'inspira une
nouvelle pensée.

— M. Marcel, lui dis-je, si le lien que jai attaché

à cette gourde était une forte corde, si vous serriez fortement cette corde, et si je l'attirais à moi avec toute la vigueur possible, qu'arriverait-il, dites, qu'arriverait-il ?

Ses yeux lancèrent un éclair.

— Mais nous n'avons pas de corde, dit-il.

— Je vous demande pardon, capitaine, nous en avons une.

J'enlevai ma pelisse fourré, je la coupai en lanières, je les tressai, je les attachai l'une à l'autre, comme j'avais fait pour la ceinture de laine, et je nouai les deux bouts aux extrémités de mon fusil.

Quand ce fut prêt, je lançais l'arme au capitaine, comme je lui avais jeté la gourde. Il la saisit et la serra entre ses doigts crispés. Alors prenant la corde de peau, je m'apprêtai à l'attirer à moi avec toute la force et toute l'énergie que je possédais. Ma tâche ne fut pas très difficile, et la résistance que j'eus à vaincre fut beaucoup moindre que je ne l'avais supposé. Le capitaine sortit de son trou, lentement, mais d'une manière continue, comme s'il eut été mu par un ressort. Lorsqu'il n'eut plus de la neige que jusqu'à mi-jambes, il essaya de se traîner vers moi en s'aidant de ses deux mains, après avoir passé le fusil derrière ses épaules et sous ses bras. C'est ici que nous rencontrâmes les plus grandes difficultés ; à chaque instant le malheureux capitaine disparaissait à demi dans la neige ; alors je redoublais d'énergie, lui déployais un courage surhumain, et nous parvenions à vaincre l'obstacle.

Bientôt nous pûmes nous serrer la main.

— Remercions Dieu, m'écriai-je, sauvé, sauvé !

— Oh ! pas encore, dit-il en montrant du regard les parois brillants et glacées des rochers qui nous entouraient.

— Bah ! répliquai-je, le plus difficile est fait, et nous parviendrons bien à grimper là-haut.

— Oui, nous y parviendrons, je l'espère, avec l'aide de la divine Providence, dit-il en frappant la glace avec mon fusil, comme pour en mesurer l'épaisseur.

— Il y en au moins un pied, lui dis-je croyant répondre à sa pensée.

— Je le vois bien, répliqua-t-il en continuant à frapper sur cette glace, dans laquelle il réussit à faire une large et profonde entaille.

Quand ce fut terminé, il pratiqua un second trou un peu plus haut, et un troisième plus haut encore.

— Ah bien ! lui dis-je, je vous comprends.

Nous grimperons en posant nos pieds dans chacun de ses trous. Malheureusement nous ne pou-

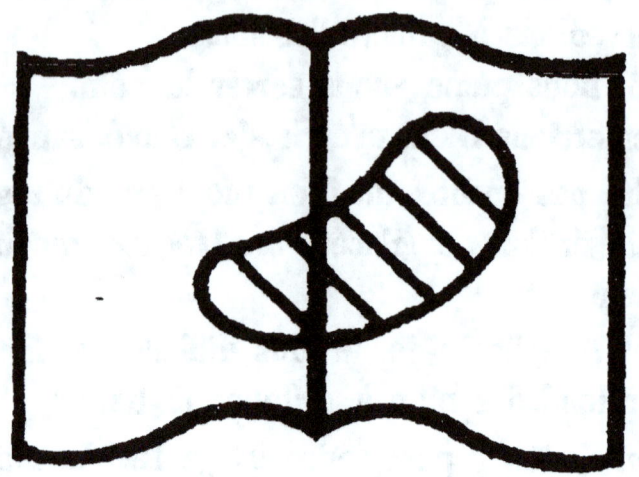

Illisibilité partielle

vons briser la glace que jusqu'a certaine hauteur, et ensuite...

— Ensuite, c'est maintenant, interrompit-il en se haussant sur la pointe des pieds pour pratiquer une nouvelle entaille. Mais vous allez grimper sur mes épaules, et continuer l'ouvrage commencé. Otez vos souliers d'abord.

— A l'instant, Monsieur. Voilà, c'est fait.

Cependant Mopse, penché sur le ravin, ne perdait de vue aucun de nos mouvements, et de temps à autre nous jetait un aboiement sonore.

Attention ! Mopse, mon bon chien ! lui cria le capitaine.

L'intelligent animal pencha la tête davantage encore, et se tint tellement immobile, qu'on eut dit qu'il venait d'être subitement pétrifié.

M. Marcel attacha à ma chaussure le bout des lanières de peau qui lui avaient été si utile déjà, et il essaya de lancer les souliers au sommet des rochers.

J'ai dit que le ravin n'était pas très profond, o.. du moins que la neige amoncelée le remplissait en partie. Néanmoins ce ne fut qu'après deux ou trois tentatives infructueuses, que le capitaine parvint à accomplir son projet, et lancer mes chaussures aux pieds de Mopse.

— Bravo ! s'écria alors M. Marcel. A présent, Mopso, attrape, attrape.

Sans hésiter, le chien saisit la corde entre ses dents.

Le capitaine me passa cette corde sous les bras.

— Montez sur mes épaules, dit-il, et continuez à briser la glace ainsi que vous me l'avez vu faire.

Je posai mes pieds sur ses robustes épaules, et je me mis à frapper la glace avec vigueur.

L'ouvrage était pénible, surtout à mesure que les entailles devenaient profondes ; car, à la surface, cette glace exposée aux rayons du soleil, était à demi fondue.

Enfin je laissai retomber mes bras fatigués.

— Que dois-je faire capitaine ? demandai-je, il m'est impossible d'aller plus loin.

— Alors enfoncez solidement la baguette du fusil dans la glace... non... pas là, plus haut. Maintenant appuyez une main sur cette baguette, gardez votre fusil dans l'autre main, posez vos pieds dans les trous, et commencez la périlleuse escalade. Lorsqu'il n'y aura plus d'entailles, vous en ferez de nouvelles, en vous appuyant toujours sur la baguette du fusil, que vous retirerez et que vous enfoncerez plus haut à mesure que s'accomplira votre dangereuse ascension... si vous calculiez mal vos mouvements, si vous vous sentiez tomber, il ne faudrait opposer aucune résistance, mais vous coller contre la glace et vous laisser glisser, je suis ici pour vous prêter secours, et ce serait à recommencer, voilà tout.

— Très bien, M. Marcel, j'ai compris, et je crois que je ne tomberai pas.

En disant ces mots, je regardais le chien qui avait toujours la corde dans la gueule, et je me demandai, à part moi, si le capitaine supposait que ce pauvre animal aurait assez de force pour me retenir dans le cas où je viendrais à glisser.

Mon compagnon d'infortune devina ma pensée.

— Vous regardez Mopse, dit-il.

— Oui, Monsieur.

— Et vous vous dites qu'il était bien inutile de lui jeter cette corde, attendu qu'il ne pourrait point vous retenir, si le pied vous manquait.

— C'est vrai, Monsieur.

— Je sais cela parfaitement, mon cher Christian. Mais avez-vous vu quelquefois les mères et les nour-rices habituer les petits enfants à marcher, en leur donnant à tenir l'extrémité d'un brin de paille, qu'elles saisissaient à l'autre bout ? Evidemment, ce fétu ne pouvait empêcher la chute du marmot ; mais il se croyait soutenu, et il essayait avec confiance ses premiers pas.

— Vous me traitez en enfant. lui dis-je un peu piqué.

— Je vous traite en jeune homme courageux et énergique. Mais soyez sûr que vous tenterez avec plus de confiance cette dangereuse escalade en vous voyant soutenu et retenu par Mopse, tout faible qu'il vous paraît. A votre place, j'éprouverais le même sentiment. A présent, allez et que Dieu vous conduise.

Ce fut avec des difficultés inouïes que je parcourus ce chemin dangereux. Si les trous eussent été pratiqués dans la terre, ou même dans le roc vif, les choses eussent été de beaucoup simplifiées, mais cette glace miroitante, troublait ma vue, me donnait le vertige et semblait me repousser chaque fois que je me collais contre elle.

Me vois-tu, Norna, appuyant la main gauche sur la baguette du fusil ; me vois-tu ainsi suspendu entre ciel et neige, brisant la glace, et n'avançant qu'à mesure que j'avais pratiqué une nouvelle entaille.

Pour abréger — car je suis sûr que tu éprouveras un effroi rétrospectif en lisant ce passage — pour abréger, je dirai simplement qu'après un temps qui me parut bien long, long comme une nuit d'hiver, j'atteignis le sommet des rochers.

Je crus que Mopse allait me dévorer de caresses ; mais ces bruyants transports furent de courte durée.

Il me quitta bientôt pour retourner au bord du ravin, et il se mit à hurler plaintivement.

— Venez ! venez ! capitaine, criai-je à mon compagnon d'infortune en lui jetant la corde, la baguette du fusil, et en m'apprêtant à lui rendre le service que j'avais reçu de Mopso. Mais celui-ci trouva mauvais qu'on ne lui permit point d'être utile à son maître ; il grinça des dents, hurla, aboya, et je me vis obligé de lui abandonner l'extrémité de la corde. Elle était assez longue pour que je pusse la saisir un peu plus loin.

Si le capitaine avait eu à vaincre les mêmes difficultés que moi, peut-être n'eut-il pas eu la force d'accomplir l'escalade ; mais je lui avait tracé le chemin, les entailles étaient prêtes, et il savait qu'en cas de chutes, j'aurais trouvé le courage, et la force nécessaires pour le retenir.

Quand il arriva au sommet, il était si pâle, si épuisé, que je poussai un cri d'effroi, croyant qu'il allait s'évanouir.

— Ce n'est rien une légère défaillance, dit-il en me pressant les mains avec effusion, je suis un peu souffrant, et j'ai pris froid dans ce malheureux trou ; mais une heure d'exercice me rendra aussi ingambe que vous l'êtes vous-même.

Il se signa dévotement, récita avec ferveur une courte prière, puis s'adressant à moi.

— J'ai remercié Dieu d'abord, me dit-il ; à présent, je dois vous exprimer toute ma reconnaissance...

— Non, M. Marcel, ne parlons pas de cela, interrompis-je.

Et comme Mopse nous importunait vraiment par ses caresses je feignis de le gronder, pour détourner le cours des idées du capitaine. Celui-ci me comprit et sourit.

— Mopse est moins discret que vous, dit-il, il veut à toute force que nous le remercions.

Mopse est trop exigeant, répliquai-je en souriant ; aussi il a fait son devoir, comme moi j'ai fait le mien, voilà tout... Demain je reprendrai ma narration, bonne Norna ; je dois accompagner notre oncle à la chasse, et je vois qu'on s'apprête à mettre son canot en mer

VIII

LE CHASSE-NEIGE.

Cependant les angoisses que nous avions éprou-
vées, nous avaient fait oublier l'état inquiétant de
l'atmosphère. Depuis une heure environ, le vent,
qui avait été très vif durant toute la matinée s'était
mis à souffler avec une violence extrême, la neige
tourbillonnait, chassée par les rafales, et ces flocons,
qui s'élevaient pour retomber un instant après, répandaient un voile lugubre et opaque autour de nous.

— Il faut nous hâter, dit le capitaine d'un air
soucieux. Voici le chasse-neige.

— Oh ! nous n'avons point à craindre d'être surpris par les ténèbres, répliquai-je en désignant l'ho-

rizon, où le soleil demeurait jour et nuit, quoiqu'il fut caché souvent comme à cette heure, par d'épaisses couches de nuages.

Le capitaine hocha la tête.

— Je ne voudrais point vous alarmer, dit-il ; mais ce vent impétueux me paraît être le prélude d'une violente tempête, et je crois que nous parviendrons difficilement à nous orienter.

— Heureusement nous avons ce brave Mopse qui nous servira de guide, répliquai-je en caressant le fidèle animal.

— Mopse ne peut nous être d'aucun secours dans cette circonstance, dit le capitaine en interrogeant l'horizon du regard ; ce vent terrible, cette neige chassée dans tous les sens, mettent complètement en défaut le flair exercé de la pauvre bête.

Cependant les rafales augmentaient de violence ; elles allaient se perdre au fond des ravins et sous les voûtes sonores des glaciers. La neige nous dérobait la vue du ciel et des nuages ; nous ne pouvions voir à dix pas devant nous, et les traces, que nous avions laissées sur le sol quelques heures auparavant. étaient depuis longtemps effacées.

J'ai souvent vu des tempêtes en Islande ; mais aucune qu'on puisse comparer à celle-ci. M. Marcel me dit qu'elle avait beaucoup d'analogie avec le chasse-neige, si terrible dans les grandes plaines de a Russie. Tu sais, ma sœur, qu'on appelle chasse-neige sur le continent Européen, ces tourmentes aussi connues que redoutées des habitants des contrées du Nord.

Il nous fallut un courage inouï pour lutter contre ce vent terrible et ces larges étoiles de neige, qui affectent dix ou quinze formes différentes, et ne ressemblent en rien aux minces et légers flocons qui tombent, en hiver, dans les régions tempérées.

Cependant je ne me rebutais pas ; j'étais rempli de force et d'espérance, et bien que je fusse privé de mon manteau, je n'avais pas froid. Ce qui me semblait le plus pénible, c'était de franchir tantôt les blocs de glace sur lesquels nous avions peine à nous tenir debout, et tantôt la neige amoncelée qui cédait sous la pression de nos pieds. Néanmoins, je le répète, je n'étais ni troublé, ni abattu ; j'avais courage et confiance ; je me disais que Dieu ne nous abandonnerait pas, après nous avoir tirés d'un si grand péril. Malheureusement mon compagnon de dangers, qui avait beaucoup plus souffert que moi, se trouvait à bout de force et d'énergie. Il ne se traînait qu'avec peine, un frisson nerveux s'était emparé de lui, il vacillait comme un homme en décrépitude. Pourtant il ne laissait échapper aucune plainte, et lorsqu'il voyait mes regards inquiets sur sa figure livide, il s'efforçait de sourire.

L'esprit, la volonté énergique du marin domptaient son corps, l'obligeaient à marcher, à ne rien laisser paraître du grand trouble intérieur que je devinais. Mais cela ne pouvais continuer longtemps ainsi, et je m'attendais à le voir tomber bientôt sur la neige froide.

— Cher et courageux enfant, dit-il en me serrant la main, mon âme est remplie d'amertume, quand je songe à tout ce que vous souffrez par moi et pour moi.

— Ne vous tourmentez point à mon sujet, capitaine, répliquai-je vivement; cette excursion ne peut que me faire grand bien, j'aime à prendre beaucoup d'exercice. Puis il faut bien que j'aie quelques aventures à raconter à ma sœur Norna, et enfin je suis si heureux d'avoir pu vous rendre service.

— Christian, interrompit-il d'un air très sérieux, promettez-moi de faire ce que je vais vous demander.

— Parlez, Monsieur, je suis prêt à vous obéir.

— Eh bien ! embrassez-moi, cher enfant, essayez de regagnez la baie.

— Avec vous, oui sans doute.

Il se laissa retomber sur un roc couvert de neige et me tendit la main.

— Moi, dit-il, je ne saurais vous suivre. Il faut nous séparer.

— Ne parlez pas ainsi, Monsieur. Reprenez courage, levez-vous, appuyez-vous sur mon bras. Ne restez pas assis. Vous savez mieux que moi, que dans notre position, le repos c'est la mort. Si nous cessions de prendre un violent exercice, si nous nous laissions saisir par le froid, nous ressentirions un engourdissement qui se changerait peu à peu en une léthargie mortelle.

— Je sais tout cela, mon pauvre Christian ; mais il m'est impossible de faire un pas de plus. Ne croyez point que je m'abandonne à une lâche faiblesse. Mes forces sont totalement épuisées, et quand il s'agirait de sauver votre vie, à vous, qui avez sauvé la mienne, je ne pourrais reprendre cette marche douloureuse. Ce que j'ai souffert aujourd'hui ne saurait s'exprimer. Tout autre que moi, ajouta-t-il en relevant fièrement la tête, tout autre que moi aurait succombé plus tôt. Mais l'habitude du malheur m'a donné du courage. Adieu, bien cher enfant ! adieu et merci. Priez pour moi.

En ce moment, ses regards tombèrent sur Mopse qui était couché à ses pieds.

— Christian, dit-il, vous pouvez me rendre un dernier service. Attachez le chien avec des lanières de peau et emmenez-le. Allons, Mopse, debout.

Je secouai la tête.

— Si vous ne venez point, lui dis-je, je resterai avec vous.

Il tressaillit et voulut me repousser.

— Christian ! Christian ! s'écria-t-il que faites us ?

— Mon devoir, Monsieur.

— Point du tout. Votre devoir est de sauver cette jeune vie qui n'est point à vous, qui vous a été prêtée, qui appartient à Dieu, et que vous ne devez pas exposer témérairement.

— Mais, Monsieur...

— Mon enfant, écoutez-moi ; raisonnons froidement, sans passion, sans fausse sensibilité. Vous avez exposé votre vie pour sauver la mienne, très bien, c'est une action courageuse, mais point extraordinaire. A votre place, beaucoup de personnes auraient agi, comme vous. Ainsi vous le voyez je suis franc, sincère, je juge les choses comme elles sont, sans me laisser entraîner par la reconnaissance ; vous pouvez donc vous en rapporter à moi lorsque je vous dis que vous commettriez une imprudence blâmable, une folie insigne en n'essayant point de regagner la baie. Que feriez-vous ici ? Avez-vous la plus légère espérance de m'être utile ? Votre présence rendra-t-elle mon agonie moins douloureuse. Ne vous perdez vous pas sans me sauver, et je lo répète, aviez-vous le droit d'exposer de la sorte cette existence qui appartient à Dieu ?

— Capitaine Marcel, Dieu nous a indiqué de quelle manière nous devons agir, lorsque notre prochain tombe épuisé sur le sol. Rappelez-vous les grandes leçons contenues dans l'Evangile. Que fit le bon Samaritain quand il rencontra le blessé sur la route ? Il pansa ses blessures et le conduisit dans une hôtellerie. Vous me direz que je n'ai point le remède nécessaire pour apaiser vos souffrances et le gîte dont vous avez besoin. Mais la divine Providence ne veille-t-elle pas sur nous ? Vous êtes fatigué ? Eh bien ! prenez quelques instants de repos ; puis nous nous remettrons en marche. En attendant, pour ne point encourir vos reproches, je vais me promener de long en large, ici, devant vous. Comme cela, je ne risquerai pas de prendre le froid.

La tourmente devenait d'instant en instant plus impétueuse. Le vent n'avait point ces gémissements plaintifs, cette voix mélancolique, que lui prêtent les arbres, les ruines, tous les obstacles sur lesquels il se heurte en d'autres pays. Il était muet, il éveillait à peine les échos qui dormaient au fond des ravins et sur la pente des glaciers ; pourtant sa violence était telle, qu'on eut dit qu'il allait tout bouleverser et faire un épouvantable chaos de ce qui était déjà un affreux désert. On prétend que les colères muettes sont les plus terribles, ce vent là était tout-à-fait semblable aux colères muettes.

Nulle créature vivante n'apparaissait autour de nous. Ni oiseaux, ni quadrupèdes. Tous les êtres créés par Dieu s'étaient blottis dans le refuge qu'ils tenaient de sa bonté : nous seuls n'avions pas d'asile.

Je marchais assez vite, en appuyant fortement la semelle, et je ne m'éloignais point du capitaine ; pourtant chaque fois que je passais devant lui, je le trouvais couvert d'une nouvelle couche de neige, que je ne manquais point d'enlever soigneusement de temps à autre, je lui adressais la parole. Ses réponses étaient brèves, prononcées avec impatience et fatigue. Bientôt je n'obtins plus de lui qu'un léger signe de tête. Il se tenait parfaitement immobile, tout enveloppé dans son manteau. On eût dit une de ces statues de marbre qui ornent les tombes.

Au bout d'une demi-heure à peu près, je le secouai vivement.

— Allons, capitaine, allons, lui dis-je en essayant de le soulever.

Il résista.

— Est-ce toi, Pierre ? dit-il.

— Non, M. Marcel, ce n'est pas Pierre, c'est Christian.

— Christian, murmura-t-il, le fils du capitaine islandais ? je ne veux pas le voir, je ne veux pas entendre parler de lui. Emmène-le, Pierre, tu sais bien que sa vue me fait souffrir.

— Grand merci, répliquai-je avec un peu de dépit, c'est bien la peine de vous sacrifier ma vie, pour recevoir de pareils compliments.

Mais je comprenais bien qu'il n'avait point conscience de ses paroles, et je n'en étais pas sérieusement blessé.

— M. Marcel, lui dis-je, c'est Christian qui vous parle, Christian qui vous a sauvé la vie.

— Ah ! oui, répondit-il, c'est Christian ; je me rappelle. Eh ! Christian, priez pour moi, priez avec moi, voici la fin.

— Non, Monsieur, voici le moment de se remettre en marche. Vous devez être reposé. Et d'ailleurs ne pouvez-vous surmonter cette fatigue ?

— Il n'y a pas que la fatigue, répliqua-t-il d'une voix creuse. Je tombe d'inanition. Si je prenais un peu de nourriture, il me semble... mais la faim !... Je n'ai pas mangé aujourd'hui. Je suis venu chasser dès le matin. Les provisions manquaient. J'avais promis de rapporter du gibier pour tout l'équipage...

mais voilà, on promet... Christian, votre main, je vais mourir.

Il inclina la tête et retomba dans sa torpeur.

Je regardais avec anxiété autour de moi, cherchant ce qui manque essentiellement en ce pays : quelque chose qui pût servir de nourriture. Il me semblait que le capitaine eut mangé sans dégoût quelques œufs crus ; mais ce lieu était trop éloigné de la mer, pour que les oiseaux vinssent y nicher. Ils préfèrent demeurer sur les grèves qui leur fournissent une nourriture abondante.

Je m'approchai du capitaine, je m'assis à ses pieds, et prenant ses mains dans les miennes. J'essayai de les réchauffer tout en murmurant quelque prière, Mopse, la tête sur les genoux de son maître, hurlait plaintivement. Tout-à-coup il se leva et aboya à plein gosier.

Je me détournai. A quelque distance passait un animal de forme haute et svelte, dont les pieds effleuraient sans bruit le tapis de la neige.

Quand je fus remis de la surprise où m'avait jeté cette étrange apparition, l'animal aux pieds légers étaient déjà loin, et Mopse le poursuivait aboyait toujours.

C'était un renne, et autant le renne domestique est poltron, autant celui qui vit à l'état sauvage est courageux et même féroce Aussi je m'étonnais que

celui-ci se laissait poursuivre par Mopse, sans chercher à l'attaquer. Probablement le grelot du chien,
et ses aboiements sonores avaient porté le trouble
dans le cœur de l'animal sauvage.

Ils venaient de disparaître tous deux, lorsqu'un
cri bizarre, qui ressemblait assez au mouglement
d'un taureau, retentit tout d'un coup au milieu du
silence.

J'écoutai, Mopse aboyait toujours. Guidé par le
son de sa voix, je courus le rejoindre. Il était debout sur un petit tertre, le museau penché vers la
terre. Le renne avait disparu.

Je grimpai sur le monticule, et je me trouvai
devant un énorme trou, à peu près rond, ayant plusieurs pieds de diamètre.

Je me penchai sur l'ouverture de cette caverne, et
j'aperçus le renne qui gisait au fond. Il était, sinon
tué, du moins étourdi.

Immédiatement, je compris ce que cela signifiait.
C'est ainsi qu'en Laponie on chassait autrefois le
renne sauvage. On creusait, dans les lieux fréquentés par ces animaux, des trous larges et profonds,
qu'on hérissait antérieurement d'épieux aigus, et sur
lesquels on posait un lit de branches d'arbres, d'herbe
et de feuillage. L'animal, attiré par cet appeau, venait
le brouter, et les branches habilement disposées

pour cela, cédaient sous son poids et tombaient avec lui au fond de l'antre.

Donc ceci était un piége à rennes ; mais il n'avait point été creusé par la main de l'homme, c'était une caverne naturelle comme on en trouve beaucoup au Spitzberg. Seulement des chasseurs avaient amené en ce lieu des branches d'arbres, recueillies sur la grève, peut-être ces arbres étaient là depuis de longues années. Mais des touffes d'algues marines toutes fraîches avaient été apportées depuis quelques jours à peine. D'où je conclus que nos matelots, ou ceux du capitaine, connaissaient cette trappe, venaient la visiter, et que par conséquent nous n'étions point éloignés de la baie.

Quelques marches d'escalier, taillées dans le roc, permettaient de descendre au fond de la caverne, ce que je fis avec précautions, car il fallait éviter les épieux.

Cet antre était plus profond, plus vaste surtout, que ne le sont les piéges à renne creusés par la main de l'homme.

L'animal blessé gisait dans un coin, et je me hâtai de mettre fin à ses souffrances, qui devaient être horribles, les épieux ayant pénétré fort avant dans sa chair.

Comme je m'approchais pour lui tirer un coup de fusil à bout portant, je reconnus avec une joie indicible que c'était un renne femelle, aux mamelles gonflées de lait.

Je lâchai la détente du fusil avec quelque émotion, et lorsque j'eus terminé cette cruelle, mais nécessaire besogne, je me mis en devoir de traire la victime expirante.

Ma gourde fut bientôt remplie d'un lait tiède et nourissant, que je courus porter au malheureux capitaine. Il but à longs traits et parut reprendre un peu de force.

— Etes-vous mieux? lui demandai-je.

Il fit un signe affirmatif.

— Eh bien! capitaine, puisque vous êtes en état de m'entendre, sachez que Dieu vous a sauvé la vie encore une fois, en nous envoyant le gîte et la nourriture que vous lui demandiez tout à l'heure.

Il tressaillit. A ma grande surprise, cet homme, qui avait été si près de la mort, secouait sa torpeur, et semblait se ranimer à mesure que je parlais.

— Un abri! murmura-t-il.

— Dites une maison, M. Marcel, un vrai palais de Samoyèd et de Kamtschadale. Ainsi, soyez courageux, levez-vous, appuyez-vous sur mon épaule, et permettez-moi de vous conduire dans cet asile.

Je passai mes bras autour de sa taille, il jeta les siens sur mon cou et dut ainsi faire quelques pas.

— Allons, dit-il, Dieu est grand.

Figure-toi, ma sœur, combien notre marche fut pénible, avec quelles difficultés, je traînai ce malheureux, jusqu'à la caverne, quelle force il me fallut déployer pour le conduire au bas des degrés taillés dans le roc.

Mais aussi quelle joie, quelle intime et profonde satisfaction j'éprouvai, lorsque mon pauvre ami put enfin se coucher au fond de cette cabane souterraine. Elle était humide et froide. Heureusement nous eûmes bientôt un bon feu. Les branches qui avaient servi à construire la trappe, nous fournirent une jolie provision de bois, et le capitaine avait en sa possession une boîte d'allumettes, dont j'eusse pu me passer grâce à mon fusil.

Dès que la flamme brillante monta vers la large ouverture, je m'occupai de notre repas que je voulais rendre aussi succulent que possible. Je dépeçai le renne sous le ventre seulement. Je coupai deux ou trois grillades, et je les mis sur la braise, où elles ne tardèrent pas à se colorer.

Je mangeai de bon appétit ; mais M. Marcel choisit la plus petite tranche de renne grillé, après quoi il revint au lait dont ma gourde était encore à moitié pleine.

Ce lait et la chaleur du feu le ranimèrent en moins d'une heure. Il peut bientôt se lever et se promener dans la caverne. Il m'assura qu'il ne souffrait presque plus, et qu'il était en état de partir. Je l'engageai à prendre encore un peu de repos, je lui fis observer que mon tuteur et les matelots ne s'inquiéteraient point de notre absence avant sept ou huit heures du soir, qu'il en était quatre à peine, et qu'il fallait attendre que la tempête fut un peu apaisée.

C'était pour lui, pour moi aussi une chose si délicieuse que de se chauffer près de cet ardent brasier qu'il n'insista pas.

Nous nous assîmes à droite et à gauche du foyer, et pendant trois quarts-d'heure, nous causâmes de nos mésaventures et de la bonté de la divine Providence.

Mopse, rassasié de viande de renne, dormait à nos pieds.

Sans doute notre gîte n'était ni élégant ni confortable, la fumée, rabattue par le vent, nous fatiguait beaucoup, néanmoins ces instants de repos nous parurent délicieux. Avec quel plaisir nous exposions nos mains à la flamme ! quelle joie nous éprouvions à attiser ce bon feu ! Comme nous nous mettions à rire de grand cœur, lorsqu'un nouveau nuage de fumée se rabattait tout-à-coup dans notre antre. Nous n'oubliâmes point de remercier le Dieu bon qui nous avait sauvés, et jamais prière fervente ne fit trembler nos voix émues.

Le capitaine m'avoua qu'il était un peu honteux d'avoir montré tant de faiblesse.

Que devez-vous penser de moi, vous qui avez un courage si intrépide ? me dit-il en souriant.

— Ne me louez pas ainsi, vous me rendriez trop vain, répliquai-je sur le même ton. Mon courage est loin d'être intrépide, et j'aurais succombé bien vite, si je m'étais trouvé dans la même position que vous... Combien de temps êtes-vous resté au fond du ravin, capitaine ?

— Je devais y être depuis une demi-heure environ, lorsque vous êtes arrivé si à propos... Je chassais, et j'avais déjà deux superbes oies barnaches dans mon carnier, quand je m'avisai de poursuivre un certain renard, qui doit être quelque lutin des légendes scandives, car, après m'avoir conduit fort loin, il disparut soudain. Ce fut après avoir perdu ses traces, qu'en m'avançant au bord du ravin pour tirer un bourgmestre, je sentis la neige s'ébranler sous mes pieds. Je me rejetai vivement en arrière; mais là aussi, la neige venait de se détacher, et ce fut au milieu d'une véritable avalanche, que je tombai dans le gouffre; si je ne fus pas immédiatement étouffé et perdu sous la neige, c'est parce que celle qui se trouvait au fond du ravin était fortement gelée, et que celle qui m'entraîna dans l'abîme ne s'amoncela pas autour de moi. Néanmoins,

comme vous l'avez vu, j'en avais jusqu'aux épaules;
sans vous...

— Et sans Mopso, M. Marcel, c'est lui qui m'a
amené au bord du ravin.

Dès que le fidèle animal entendit prononcer son
nom, il se leva et vint poser sa tête sur les genoux
du capitaine.

— Ce bon chien, dit M. Marcel en le carressant.

Un instant après, je regardai ma montre.

— Cinq heures déjà ! m'écriai-je.

— Il est plus que temps de partir, repliqua le
capitaine en examinant l'état de l'atmosphère par
l'orifice béant de notre caverne.

La neige s'étendait toujours comme un voile entre le ciel et la terre ; mais le vent était moins impétueux, et dans un certain endroit de l'horizon,
on apercevait une lueur rouge qui indiquait certainement la presence du soleil. Ce fut de ce côté que
nous nous dirigeâmes, précédés par Mopse qui était
fort joyeux et tout-à-fait réconforté.

Deux heures plus tard, nous entrions dans la
baie.

IX

LE RENNE.

Cinq jours se sont écoulés depuis notre mésaventure, et je n'ai pas revu le capitaine. Il est bien venu faire une visite à notre oncle le lendemain de cette journée néfaste ; mais je dormais, et il n'a point voulu qu'on m'éveillât.

Quand nous lui avons rendu cette visite, il était absent, et un jeune mousse nous dit que M. Marcel. ayant le projet de lever l'ancre prochainement, employait tout son temps à pêcer le morse, de sorte qu'il était fort difficile de se rencontrer avec lui.

Quelques matelots de l'*Etoile-Polaire* et de l'autre navire, qu'on appelle *Louise-et-René*, sont allés chercher le renne dans son traquenard. Ni M. Marcel, ni moi, n'avons eu besoin de les conduire. Deux de nos matelots connaissaient le piége. Ils racontèrent qu'ils avaient découvert la trappe, et remit le bois en place en le recouvrant d'un peu d'herbe, mais qu'ils espéraient si peu faire quelques capture qu'ils n'y étaient pas retournés.

Les deux équipages se partagèrent le renne. C'était un superbe animal, plus grand et plus fort que ceux de son espèce qui vivent en domescité. Sa peau était aussi plus épaisse, et son bois plus riche et plus élégant.

Il est difficile de comprendre comment la race de ces quadrupèdes peut se conserver au Spizberg. Sans doute, ils sont d'une excessive sobriété ; mais ils ne peuvent vivre que d'herbe fraîche et verte. Quelles privations ne doivent-ils pas endurer pendant ces hivers si longs, si rigoureux, si terribles ! A la vérité, le lichen qu'ils affectionnent particulièrement ne manque jamais, et se conserve sous la neige de la même manière que le cochléaria. Mais c'est pour les pauvres rennes un travail bien pénible, que celui d'écarter cette neige endurcie. On dit qu'ils sentent de fort loin le parfum de leur aliment préféré ; même lorsqu'il est recouvert d'une épaisse couche de neige.

Alors rien de plus curieux que de voir l'animal

écarter cet obstacle. Il le détourne au moyen de ses
pattes, avec une dextérité merveilleuse. Cependant
il arrive que la neige devienne assez dure pour que
le renne ne puisse l'enlever. Alors il dépérit et meurt,
pour peu que le dégel se fasse attendre. Ces accidents
ont lieu de temps à autre en Laponie. Là, on essaie
bien de remplacer l'herbe fraîche par de la paille
et du foin, mais il est rare qu'on obtienne un bon
résultat; le renne es un habitant des prairies qui a
besoin, non-seulement de se nourrir d'herbe verte,
mais encore d'aller la brouter sur place.

Pour le Lapon, le renne est un véritable trésor. Il
mange sa chair, son lait, son sang. — Ce sang
tiède encore est un excellent anti-scorbutique. —
Avec son cœur et sa peau, il couvre sa cabane, il se
confectionne des vêtements, des chaussures. Ses
veines lui servent de fil à coudre, et sans cet animal, il ne pourrait voyager en hiver. Le renne est
un intrépide coureur, et fait près de vingt kilomètres à
l'heure.

D'un commun accord, les matelots m'offrirent le bois
de celui qui avait sauvé la vie au capitaine Marcel,
et à moi aussi peut-être. Cet ornement et maintenant
attaché à la boiserie de ma cabine, au-dessous de ton
portrait, bonne Norma.

X

LOUISE ET RENÉ.

J'ai chassé hier avec le capitaine Marcel. A présent nous sommes tout-à-fait bons amis. Je savais bien que je finirais par vaincre sa froideur, — dirai-je son antipathie ? — Et par me faire aimer de lui.

Comme le temps était très doux, très clair, hier matin, j'ai pensé que M. Marcel descendrait peut-être sur la plage, où je suis allé l'attendre.

Je m'assis au bord d'une petite crique, dans laquelle il a l'habitude d'amarrer son canot, et au bout de quelques instants, je l'aperçus qui se dirigeait vers moi à force de rames.

— Bonjour, cher enfant, dit-il en me tendant la main. Je suis heureux du hasard qui m'amène auprès de vous.

— Ce n'est point un hasard, M. Marcel, je vous attendais.

— Vraiment?

— Mais oui. Il faut bien que je vous cherche, que je vous poursuive, puisque vous persistez à me fuir.

— A vous fuir? qui vous fait supposer une chose semblable?

— Enfin nous ne nous sommes pas rencontrés depuis le jour où...

— Où vous m'avez sauvé deux fois la vie. C'est vrai. Mais vous savez que j'ai été très occupé. Je suis pauvre, Christian, et il est bien nécessaire que cette expédition me procure quelques bénéfices; par conséquent je suis obligé de donner toutes mes heures à la pêche, ou du moins presque toutes.

Je secouai la tête.

— C'est un prétexte, cela, M. Marcel.

— Oui, car vos soirées sont à vous, si les heur de la journée ne vous appartiennent pas.

— Il n'y a pas de soirées au Spitzberg, Christian.

— Oh! M. Marcel, ne prenez point de ces détours, car malgré vos réponses évasives, je devine fort bien que ma vue vous est toujours aussi pénible.

— Que dites-vous? s'écria-t-il un peu troublé. Ne croyez pas cela. Ce serait affreux de ma part

— Hélas! capitaine, on ne peut vous en faire un reproche, votre volonté n'y est pour rien. La sympathie et l'antipathie ne s'imposent point. Vous voudriez m'aimer et cela vous est impossible.

— Mais si, je vous aime.

— Vous voudriez vous plaire dans ma société et vous ne le pouvez pas.

— Christian, ne parlez pas ainsi.

— Lorsque le hasard nous réunit, vous faites tous vos efforts pour me traiter avec affection, et, malgré vous, votre figure devient sombre, vos regards froids, presque hostiles.

— Mais, mon cher Christian...

— Enfin me trompé-je? Capitaine, soyez franc, dites oui ou non.

Il baissa la tête sans répondre.

— Ah! m'écriai-je, moi qui vous aime tant!

— Ecoutez, Christian, dit-il en prenant une résolution soudaine. Je vais vous avouer toute la vérité, et vous comprendrez qu'en dépit des impressions fugitives que j'ai pu ressentir, je vous rend affection pour affection.

Il posa son bras sur mon épaule, et nous commençâmes à marcher lentement sur la grève.

— Sachez, me dit-il, que j'ai perdu un fils qui maintenant aurait votre âge, vos yeux noirs, et vos cheveux bouclés. La perte de cet enfant a été une des plus grandes douleurs de ma vie, et ni le temps, ni les fatigues de mon existence errante ne peuvent effacer ce chagrin. Autrefois quand j'apercevais de jolis petits garçons aux joues roses, au sourire naïf, je me détournais avec tristesse, en me disant : « Ainsi serait mon René. » A présent, lorsque je rencontre de jeunes adolescents, forts et pleins de vie, je me répète avec la même amertume : « Mon René serait aussi bon, aussi studieux, aussi instruit que ces jeunes gens ; peut-être meilleur encore. » Et je les fuis, et je n'aime pas à les voir. Cela vous fait comprendre, mon cher Christian, pourquoi votre vue m'était pénible... Quand je vous aperçus pour la première fois, je constatai avec surprise et douleur que vous ressembliez à l'image de mon René, telle qu'elle vient se glisser dans mes rêves. Je me dis que votre père était bien heureux, je comparai ma triste destinée à la sienne et je m'éloignai de vous. Alors sans doute, j'étais loin de vous aimer. J'éprouvais à votre égard de la froideur, du dépit, de l'envie. Mais depuis, vous vous êtes montré si bon, si dévoué que je n'envie plus qu'une chose : le bonheur de votre père.

— De mon tuteur, vous voulez dire?

— Quoi! Le capitaine Dunstan? N'est-il pas votre père?

— Non, pas même mon parent éloigné.

— Est-ce possible ? Il vous appelle son fils pourtant.

— Et je l'appelle mon père, car il nous a élevés, aimés, adoptés, ma sœur Norna et moi. Vous venez de dire que vous avez comparé avec envie la destinée de mon bienfaiteur à la vôtre? Qu'allez-vous penser, si je vous dis que votre destinée à tous deux est la même? Mon tuteur aussi a perdu un fils qu'il aimait tendrement, et c'est après la mort de cet enfant qu'il nous a adoptés Norna et moi.

— Vraiment ? J'admire sa conduite, mais je ne pourrais l'imiter, jamais je n'aurais le courage de garder chez moi des enfants étrangers, de leur donner, dans mon cœur et autour de mon foyer, la place que devraient occuper mon René et sa petite sœur Louise. Car j'avais une fille aussi, mais je ne puis la regretter autant que son frère, elle est morte si jeune! Elle ne parlait point encore, elle ne me connaissait pas, tandis que René me souriait, me tendait les bras, savait bégayer mon nom.

Ces explications me firent du bien. Je fus heureux de voir que le capitaine n'était ni un misanthrope, ni un ingrat; s'il eut eu de tels défauts, cela m'eut gêné pour l'aimer, tandis que je ne puis m'abandonner sans crainte au penchant qui m'entraîne vers lui.

Nous avons chassé ensemble durant une partie de la matinée, et j'ai pu l'apprécier mieux que je ne l'avais fait jusqu'alors. Il est fort instruit, ses manières sont plus distinguées que celles de notre excellent oncle, et l'on devine qu'il est né dans un rang supérieur à celui qu'il occupe. Sa conversation est un peu sérieuse, mais agréable et variée.

Enfin cette partie de chasse restera gravée dans ma mémoire comme un de mes plus doux souvenirs.

XI

LE PORTRAIT.

La saison est bien avancée, et nous nous disposons tous à quitter le Spitzberg ; les matelots de la *Louise-et-René* ont fait de magnifiques captures depuis deux ou trois semaines. M. Marcel est fort content de son expédition. Mon oncle est loin de se plaindre de la sienne. Tout est donc pour le mieux de ce côté-là. Mais mon cœur se serre, lorsque je songe qu'il faudra bientôt se séparer de mon ami le capitaine.

Quoique sa pêche l'occupe beaucoup, il ne laisse pas que de venir nous visiter quelquefois, et souvent nous nous promenons ensemble sur la grève.

Hier je suis allé le voir avec mon oncle, et il nous a fait, avec beaucoup d'aisance et de dignité, les honneurs de sa modeste cabine.

Ce que j'ai vu de plus remarquable chez lui, c'est une collection de livres de voyages et de découvertes, rangés avec soin sur des tablettes de sapin, qui n'étaient pas même peintes. Je n'ai pu m'empêcher de manifester le plaisir que j'aurais à lire ces intéressants ouvrages, et M. Marcel a eu la bonté de me permettre d'emporter ceux qui m'agréeraient le plus. En m'avançant pour faire mon choix, j'ai soulevé très involontairement un rideau de serge verte, qui recouvrait un pan de boiserie, et derrière ce voile peu élégant, j'ai aperçu avec une profonde surprise un portrait de grandeur naturelle, représentant une jeune femme, vêtue plus magnifiquement qu'aucune des dames de Reikiavik.

Des bijoux à profusion, de la soie, du velours, des fleurs, des rubans, composaient la toilette de cette dame, et étaient agencés avec tant d'art et de naturel, qu'on ne trouvait point étrange qu'elle eut sur elle une si grande quantité de jolis ajustements.

Pourtant je puis affirmer qu'elle en avait sa charge.

Ce ne fut pas tant cette splendeur qui me frappa, que la ressemblance étrange qui existe entre ce portrait et une petite personne de ma connaissance. Cette ressemblance était si frappante que je poussai un cri de surprise.

— Eh bien ! garçon, qu'est-il arrivé? demanda mon oncle Dunstan.

— Ah ! mon oncle, voyez donc ce portrait?

— Je le vois. Ensuite?

— Quoi! vous n'êtes pas étonné?

— Etonné, non ; je trouve que c'est une très belle dame, voilà tout.

— Mais à qui ressemble-t-elle, cette dame?

— A qui? Peut-être à la reine de Danemarck, notre souveraine, à cause des colliers et des bijoux.

— Comment, vous ne remarquez pas qu'en voyant ce portrait, on croirait apercevoir Norna déguisée en princesse?

L'oncle Dunstan se mit à rire.

— Je ne trouve pas, dit-il ; mais ton idée me paraît très bouffonne. J'aimerais à voir la petite Norna ainsi couverte de verroteries et de brillants chiffons. Quelle drôle de mine elle ferait, pense donc, Christian.

Pendant que nous échangions ces paroles le capitaine remettait en place le rideau de serge avec un air de dignité offensée qui m'intimida beaucoup.

— M. Marcel, lui dis-je, si j'ai été si indiscret, veuillez m'excuser, je n'avais pas l'intention de soulever ce rideau.

— Bien. bien, interrompit-il ; n'en parlons plus.

6

— C'est sans doute le portrait de la reine d'Angleterre? demanda l'oncle Dunstan, qui se figurait
que M. Marcel était Anglais, parce qu'il employait
toujours cette langue pour converser avec nous.

Non, Monsieur ; répliqua froidement le capitaine.

— Ah !... celui d'une des princesses alors ?

— Pas davantage. Ce portrait représente une personne de ma famille.

— De votre famille ! Excusez, capitaine. On est
bien huppé dans votre famille. Et sans indiscrétion,
à quel degré cette personne?...

M. Marcel contracta ses sourcils, et interrompit
d'un ton froid, comme pour prévenir de nouvelles
questions.

— C'est ma femme.

— Votre dame ? dit notre excellent tuteur avec
étonnement. Et, s'il vous plaît, comment se fait-il que
votre lady...

— Capitaine, interrompit M. Marcel du même ton
glacé, veuillez m'excuser, si je vous prie d'abandonner ce sujet de conversation. Bien qu'il y ait
trois lustres accomplis que j'ai perdu la mère de
mes enfants, je la regrette comme au jour de sa
mort, et il m'est excessivement douloureux de faire
d'une personne aussi chère, le thème d'un entretien
frivole.

Notre tuteur murmura quelques mots d'excuse

d'un air embarrassé. L'excellent homme était tou'
confus. Il avait cru naviguer en pleine et haute mer,
et voici qu'on lui montrait des récifs à fleur d'eau
dont il n'avait pas soupçonné l'existence. En pilote
expérimenté, il se hâta de passer dans un courant
moins dangereux. En d'autres termes, il s'empressa
de donner un cours différent à l'entretien

XII

DÉNOUEMENT.

Norna! Norna! quelle découverte. Que ne puis-je te l'apprendre immédiatement ! Que ne suis-je auprès de toi. A la vérité, nous allons partir ; mais la traversée sera si longue !

Que diras-tu, Norna, lorsque tu nous verras arriver avec lui, lorsqu'il t'embrassera tendrement, lui que tu ne connais pas? Mais je vais raconter ces grandes choses, ce grand bonheur que Dieu nous envoie, avec autant d'ordre et de clarté que possible. Tu sauras tout, il est vrai, quand tu parcourras ces notes; mais plus tard, nous aimerons à les relire ensemble, et à nous rappeler quelles étaient nos impressions, lors de ce bienheureux événement.

Le capitaine Marcel, pressé par les questions de notre oncle, s'est décidé hier au soir à nous narrer brièvement quelques aventures de sa vie passée.

C'est un français de famille noble ; on l'appelait autrefois le comte d'Elvy ; mais depuis qu'il est réduit à gagner péniblement sa vie, il a renoncé à son titre, et ne fait plus connaître que sous son prénom de Marcel. Il a toujours été marin, seulement il a débuté dans la marine militaire. A trente ans à peine, il était lieutenant de vaisseau. A cette époque il épousa à Québec, une jeune Canadienne, sa compatriote pour ainsi dire, car la famille à laquelle elle appartenait était d'origine française, et n'avait jamais oublié la langue et les habitudes du pays natal. M. d'Elvy donna sa démission, afin de pouvoir se fixer dans la ville qu'habitait sa jeune femme. Celle-ci, orpheline depuis son enfance, demeurait chez un oncle, puissamment riche, dont elle devait être l'unique héritière. M. d'Elvy était sans fortune; sa femme n'avait également aucun bien en propre ; mais la fortune de leur oncle leur permettait de se procurer toutes les distractions, et tout le luxe dont jouissent en général les personnes de leur rang. M. d'Elvy était marié depuis trois ans, lorsque son oncle par alliance, cédant enfin au plus ardent désir de madame d'Elvy, se décida à lui faire visiter l'Europe, qu'elle ne connaissait pas. Il prit passage sur un navire anglais, avec son neveu, sa nièce, et leurs enfants : un petit garçon de deux ans qu'on appelait René, et une fillette de cinq mois nommée Louise.

Ils avaient à peine dépassé l'île de Terre-Neuve, qu'une tempête furieuse vint les assaillir, un de ces orages comme on n'en voit pas deux dans une vie.

Pendant trois jours, le navire, poussé par un vent contraire, s'éloigna de sa route pour courir sur le cap Farewell au milieu des glaces flottantes, contre lesquelles chacun s'attendait à le voir se briser. La catastrophe prévue arriva enfin. Les vagues jetèrent sur le vaisseau une montagne de glace — la berg — qui le brisa au premier choc.

M. d'Elvy, excellent marin, n'avait point attendu à ce moment pour essayer de sauver sa famille. Quand le malheur arriva, Monsieur, Madame d'Elvy, leur oncle et leurs enfants étaient réfugiés dans une chaloupe. Mais peu de passagers avaient suivi leur exemple, presque tous pensant que ce serait folie d'abandonner un grand et solide bâtiment pour de frêles embarcations, que le moindre bloc de glace pouvait faire chavirer.

Pendant une heure à peu près, M. d'Elvy et sa famille errèrent à l'aventure de leur chaloupe promenée par les vagues, puis une lame furieuse passa

comme un éclair sur les malheureux naufrages.
Tous furent inondés d'une pluie fine et glacée ;
mais le comte, qui avait le pied marin, la comtesse
et ses enfants qui étaient solidement attachés au
fond de la chaloupe, ployèrent sous le choc, et le
laissèrent passer sans lui opposer de résistance. Il
n'en fut pas de même de leur oncle. La vague l'em-
porta avec autant de facilité que la brise du printemps en mettrait à soulever une feuille légère.
C'était pourtant un grand et solide canadien. La
comtesse poussa un cri, et fit un mouvement comme
pour briser ses liens, et s'élancer au secours de
son oncle. Il n'en fallut pas davantage pour décider
M. d'Elvy à se jeter à la mer, bien qu'il sut qu'il
n'y avait presque pas espoir de sauver l'infortuné. Au
même instant, un violente rafale entraîna la chaloupe et la mit hors de vue. Le comte, après avoir
cherché vainement son oncle, eut le bonheur de gagner un banc de glace flottant, qui fut jeté par la
tempête sur les côtes de Groënland, où M. d'Elvy
arriva de la même manière que les ours blancs
viennent en Islande.

Le comte passa une année entière à Frédérikshaab,
sans pouvoir se procurer les moyens de retourner
en Europe ou dans le Canada.

Enfin un baleinier, qui faisait voile pour Terre-
Neuve, le reçut à son bord, et quand il eut atteint

les bancs de Terre-Neuve, si fréquentés par les pêcheurs de morue, il lui fut facile de gagner Québec. Là, il apprit que personne ne doutait de sa mort et de celle de sa famille. Trois ou quatre de ses cousines s'étaient partagées la succession de l'oncle de Madame d'Elvy. M. Marcel était seul au monde et absolument sans fortune.

Il eut pu retourner en France, et se faire rendre peut-être le grade qu'il avait occupé dans la marine, ou obtenir un emploi qu'il l'eut fait vivre. Il n'y songea même pas. Sa seule préoccupation était de s'assurer si sa femme et ses enfants vivaient encore. Il fit la connaissance du capitaine d'un petit navire marchand qui l'accepta en qualité de second, et pendant de longues années le noble comte explora les mers du Nord, sans pouvoir obtenir le moindre renseignement sur sa famille.

Enfin il se trouva en état d'acheter un vieux petit vaisseau pêcheur, et se livra exclusivement à la pêche de la morue, du phoque et du morse, et voici le troisième été qu'il vient passer quelques semaines au Spitzberg.

Maintenant, Norna, tu as compris que nous nous appelons, toi, Louise, moi, René, et que nous sommes tous deux les enfants du comte d'Elvy.

Ici s'arrête le manuscrit de Christian, et l'histoire des orphelins du Cap des Adieux. Je n'ajouterai qu'un détail à ce qui précède. La douce et pieuse Edwige vient d'épouser le comte d'Elvy, et est ainsi devenue la véritable mère de ses enfants d'adoption.

MICHEL AUVRAY.

UN BIENFAIT N'EST JAMAIS PERDU.

La petite Madeleine Pamberton regardait par la fenêtre ; tout-à-coup elle s'écria : « Maman ! maman ! Voyez quel vilain petit chien qui est dans les bras de ce domestique ! Pour toucher à une pareille bête il faut en avoir reçu l'ordre ; sinon...

— Ma fille, répondit gravement lady Pamberton, pourquoi cette injurieuse supposition ? Cet homme agit sans doute volontairement et mû par un sentiment de touchante pitié. Ce petit chien semble malade, et je crois que son maître va consulter .e vétérinaire.

— Mieux vaudrait jeter ce roquet à la rivière et le remplacer par un charmant épagneul.

— Mais si ce petit chien malade est fidèle, s'il est 'oué de plusieurs autres bonnes qualités ?

— En ce cas, je le ferais guérir avant de m'en débarrasser et d'en choisir un autre plus joli ; je n'aime pas les vilains roquets.

— Mais si personne ne voulait se charger du pauvre animal, ce qui est très présumable, tu finirais donc par l'envoyer à la rivière ? Ton langage me déchire le cœur. Ignores-tu que Dieu punit la cruauté envers les animaux, et récompense l'humanité sous toutes ses formes ? Eh bien ! écoute une histoire que ce pénible débat me rappelle, je ne doute point qu'elle ne te fasse changer d'opinion.

« Franck, jeune villageois, habitait, avec sa mère et sa petite sœur, une pauvre chaumière située non loin d'un château où régnaient le luxe et l'opulence. Ce contraste se rencontre partout. Or, un jour, Franck passant devant la somptueuse habitation, vit un domestique en sortir rapidement : il portait dans ses bras un chien semblable à celui dont nous parlions à l'instant.

— Oh ! maman, ce chien était sans doute malade, et le domestique allait aussi réclamer les soins d'un vétérinaire ?

— Pas du tout, ma fille ; l'ancien favori de la maîtresse du riche château était devenu infirme, partant avait perdu sa beauté, seule qualité que tu prises. Pour ce motif, il ne fut plus caressé, gorgé de bonbons ; puis le domestique reçut enfin l'ordre d'aller noyer la pauvre petite bête naguère si chérie, si choyée. Cette conduite est digne de blâme ; la châtelaine était une femme capricieuse et cruelle, à n'en point douter.

Franck connaissait le petit chien ; il s'approcha du domestique et fut surpris de l'extrême abattement de la pauvre bête qui paraissait souffrir beaucoup.

« Georges, où portez-vous donc ce pauvre Azor ? demanda timidement le jeune villageois.

— A la rivière ! » répondit brusquement le laquais, joyeux de se débarrasser d'un animal qui lui avait attiré bon nombre de folles réprimandes. L'humanité ne s'allie jamais avec l'égoïsme. Si les maîtres ont des défauts, tôt ou tard ceux qui les servent finiront par les contracter.

— Ah ! monsieur Georges, s'écria douloureusement le jeune villageois, donnez-moi ce pauvre petit chien, au lieu de le noyer.

— Tu n'y penses pas mon ami, cette bête est si repoussante qu'elle n'est bonne qu'à prendre son dernier bain, selon les ordres de Milady. »

En ce moment, le pauvre Azor, comme s'il eût compris qu'il s'agissait de sa vie ou de sa mort, fit entendre un hurlement sourd et lamentable. Franck en fut ému et supplia plus vivement le domestique de lui laisser emporter le pauvre petit malade.

— J'ai l'espoir de le guérir, soupira-t-il avec une instance que la pitié seule peut inspirer.

— Eh bien ! reprit Georges, vaincu par les derniers accents d'un noble cœur, prends donc ce hideux roquet ; je lui souhaite une prompte guérison. »

Et le domestique revint sur ses pas en se moquant de la simplicité du jeune villageois.

Quand Franck rentra dans son humble chaumière, il raconta l'histoire touchante du pauvre Azor. La bonne mère et la petite sœur du jeune et bienfaisant villageois, approuvèrent son extrême commisération. Heureux ceux qui, à la vue de la souffrance, ouvrent leur âme à la pitié !

Inutile de dire qu'Azor, que Franck ne désignait plus que sous le joli nom de *Fidelio*, comme pour lui faire oublier sa première et fatale condition fut entouré de soins empressés. Ses plaies furent lavées et pansées. Aussi Fidelio, nourri surtout plus sobrement, fut-il bientôt en état de bondir, de sauter, de japper comme autrefois, quand l'ingrate milady l'accablait de caresses, de baisers, le posait sur ses genoux, et le faisait chaque jour monter dans son beau carosse. Fidelio devenait même si gai, si bruyant, qu'il savait comprendre qu'il avait trouvé le bonheur en troquant un château contre une chaumière.

Quand Fidelio eut recouvré son ancienne beauté Franck craignit sérieusement que la capricieuse milady ne le redemandât pour en faire de nouveau son favori, son chien gâté. Heureusement, pour un motif ou pour un autre, que le riche et beau château fut vendu.

Sur ces entrefaites, un parent éloigné de la mère de Franck lui légua une somme non considérable mais suffisante pour assurer le repos de ses vieux jours et l'avenir de ses laborieux enfants.

Or, à cette époque, il y avait dans la contrée une troupe de contrebandiers qui répandaient la terreur dans toutes les habitations riches ou pauvres. Ils eurent avis de la petite succession de la mère de Franck. Dès la nuit suivante, les voilà rôdant autour de la chaumière qui avait toute la journée retenti d'actions de grâces envers le Tout-Puissant. Déjà les heureux habitants goûtaient un paisible sommeil, bien loin de prévoir le danger qui les menaçait. Mais Fidelio veillait, et aussitôt que les voleurs essayèrent de forcer la porte de la cabane, il se mit à hurler, à aboyer si opiniâtrement, que Franck, réveillé soudain, sauta hors de son lit, et cria de toutes ses forces: « Au feu ! au feu. »

Les voleurs surpris, et craignant avec raison que des voisins ne vinssent au secours de l'honnête famille qu'ils espéraient facilement dépouiller, prirent la fuite. Plus tard, ces malfaiteurs, tombés sous la main de la justice, avouèrent que, sans les aboiements prolongés de Fidelio, ils eussent égorgé Franck, ainsi que sa mère et sa petite sœur.

C'est ainsi que Dieu récompensa l'humanité de Franck et de sa généreuse famille. »

— Tu vois donc, ma fille, ajouta lady Pamberton, que, si au lieu d'arracher Azor, ou plutôt Fidelio à la mort, Franck eut pensé comme toi, lui, sa mère et sa petite sœur n'eussent point été miraculeusement secourus : car Dieu seul pouvait se servir d'un faible animal pour intimider plusieurs hommes audacieux et armés.

— Maman, j'avoue mes torts ; on doit faire le bien pour en être récompensé ici-bas.

— Tu es encore dans l'erreur, Madeleine; quand c'est l'intérêt seul qui nous guide, le mérite d'une bonne action disparaît. Il faut faire le bien sans arrière pensée terrestre : notre principale récompense n'est pas sur la terre, mais au ciel.

LA MÈRE VERTUEUSE.

Laure et sa mère se rendirent un matin dans une belle prairie. Le printemps avait réveillé toute la nature. Aussi les fleurs étaient-elles éclatantes et fraîche comme au sortir des mains toutes puissantes du Créateur.

« Laure, vois-tu comme la prairie a pris se robe printannière ? Vois-tu comme des gouttes de cristal brillent au bout de chaque brin d'herbe et sur la tige des arbustes et des fleurs.

Ces jouets merveilleux, dons de la Providence?

Eh bien ! cette rosée rafraîchit l'herbe et les fleurs ; de même il est des larmes qui rafraîchissent l'âme ; c'est Dieu qui les fait couler, comme il fait tomber du ciel la rosée bienfaisante. »

Laure et sa mère, continuant leur promenade, une alouette prit subitement la volée. D'abord sa voix était faible ; mais montant, montant toujours, ses accents devinrent plus forts.

« Pourquoi, demanda Laure, ce petit oiseau semble-t-il multiplier ses doux accords en s'élevant vers le ciel ?

La bonne mère lui répondit : » La voix de l'alouette est l'emblème de la prière d'un chrétien. Si l'âme ne quitte point la terre, le feu divin ne descend point pour l'embraser ; mais dès que nos pensées nous rapprochent du trône de notre Sauveur, elles deviennent fortes et fécondes comme le chant de l'alouette, chant divin que l'on peut traduire ainsi :

Sur mon aile papillonnante,
Chaque jour, en le haut des airs,
M'élançant dès l'aube naissante,
J'entonne mes divins concerts.
Dieu ! Dieu ! Dieu ! Dieu !

Dieu ! Dieu suprême !
Que je célèbre Dieu !
Dieu ! toi que j'aime,

Je te bénis mon Dieu!
Dieu! Dieu! Dieu Dieu!

L'accord de mon cantique
En s'élevant vers toi
Devient plus poétique
Pour exprimer ma foi.
Dieu! Dieu! Dieu! Dieu!
Dieu! Dieu! Dieu! Dieu!

Et la mère et la fille, arrivant au bout de la prairie, aperçurent une claire fontaine qui coulait paisiblement entre un double rang de saules et de peupliers.

« Que cette source semble pure! dit Laure avec émotion; quelle douce fraîcheur règne sur ses rives verdoyantes! Sans doute, ma chère maman, que tu sauras encore trouver quelque pieuse comparaison que j'aime tant à graver dans ma mémoire.

— Oui, ma chère fille; l'aspect de cette petite fontaine m'inspire une comparaison salutaire: son onde fugitive est l'image de la vie, quand les passions ne troublent point notre âme. Les remords du pécheur sont au contraire semblables aux orages qui bouleversent les flots de l'Océan. Heureux celui qui peut vivre et mourir à l'ombre du Seigneur. Si tu ne veux point t'exposer aux agitations de ce monde, sois tou-

jours modeste et pure : c'est dans la retraite, c'es[t]
en prenant la reine des anges pour modèle, qu'une
jeune fille goûte le bonheur réservé à celle que l[e]
Sauveur a surnommées : « *Brebis de mon troupeau !* [»]

M⁼ A. GRANDSARD.

FIN.

TABLE.

TABLE.

FIN DE LA TABLE.

Limoges. —Imp. E. Ardant et Cⁱᵉ.

Original en couleur

NF Z 43-120-8

A. DUBOIS

LES VÉGÉTAUX

dans

LES BOIS

LIBRAIRIE

E. ARDANT

ET Cie